学思十谈

马学思　著

郑州大学出版社

图书在版编目(CIP)数据

学思十谈 / 马学思著. — 郑州：郑州大学出版社，2020.10
(2024.6 重印)

　ISBN 978-7-5645-7237-2

　Ⅰ.①学… Ⅱ.①马… Ⅲ.①散文集-中国-当代
Ⅳ.①I267

中国版本图书馆 CIP 数据核字(2020)第 161511 号

郑州大学出版社出版发行

郑州市大学路 40 号　　　　　　　　邮政编码：450052

出版人：孙保营　　　　　　　　　　发行部电话：0371-66966070

全国新华书店经销

山东华立印务有限公司印制

开本：890 mm × 1 240 mm　　1 / 32

印张：6.375

字数：126 千字

版次：2020 年 10 月第 1 版　　　印次：2024 年 6 月第 2 次印刷

书　号：ISBN　978-7-5645-7237-2　　　定价：48.00 元

本书如有印装质量问题，由本社负责调换

目录

谈学问 ………………………………………… 1

谈修身 ………………………………………… 17

谈党性 ………………………………………… 33

谈榜样 ………………………………………… 60

谈反腐 ………………………………………… 77

谈风险 ………………………………………… 95

谈领导 ………………………………………… 111

谈写作 ………………………………………… 127

谈哲学 ………………………………………… 154

谈逻辑 ………………………………………… 174

参考文献 ………………………………………… 195

后记 ………………………………………… 199

谈学问

人们通常将理性的学习称为做学问。"学问"二字很有讲究，学问学问，既要学，又得问。学，是一种吸收，要求能够钻进去；问，是一种思考，要求能够跳出来。学在其先，问随其后，学问并行，相互生长。南北朝颜之推《颜氏家训》中讲："夫学者犹种树也，春玩其华，秋登其实。"将做学问比为种树，认为只有勤奋努力，才能有所收获。

学问，人们常常在讲，却往往不以为然；学问，人们天天在做，却又往往不知其所以然。领导者治国理政，老百姓衣食住行，里面都蕴含着学问，善用其法、精通其道者，自然独有洞天。

学问，人人想要，但因为方法不同、用心有别，效果却相差甚远。学问之道，窍门在学中常问，在学而活用。因为世界观、方法论不会凭空而来，信仰、境界也不会从天而降。学问是一种内在的东西，靠的是真心实意，就像农民种粮种菜一样，要把水浇到根上，让灵魂深处爆发革命。

学问之道，贵在于学

学习是时代所需。在如今这个科技发展、信息爆炸的社会中生存，终身学习是十分必要的。

毛泽东同志说："情况是在不断地变化，要使自己的思想适应新的情况，就得学习。"

邓小平同志说："学习是前进的基础。"

习近平同志说："我们的干部要上进，我们的党要上进，我们的国家要上进，我们的民族要上进，就必须大兴学习之风，坚持学习、学习、再学习，坚持实践、实践、再实践。"

在日新月异、层出不穷的新事物、新情况、新问题面前，昨天的饱学之士如果不是今天的勤学之人，也难免会落伍。澳大利亚学者彼得·伊利亚德曾说："今天你如果不生活在未来，那么，明天你将生活在过去。"机会对所有的人来讲都是同等的，不同的是有人珍惜，有人忽略。有些人正是在一次次忽略中与别人拉开了距离。

学习是立身之本。大家知道，曾为世界首富的比尔·盖茨是公认的科技精英，可就是他面对这个世界，也是诚惶诚恐的。他说，如果他的一个战略决策失误的话，十来个月就要破产。因为他和我们一样，面临的是一个变化如此之快的世界，也需要通过不断学习跟上时代步伐。人无远虑，必有近忧。忧国忧民先得忧己。解忧之道需学问，学问获取靠学习。不学则无术，无术就会瞎说蛮干。学然后知不足，知不足而发奋，这才是我们应当抱有的正确态度。人立身处世得有学问，这个学问就是真才实学。从经济学原理上讲，没有投入就不会有产出。经济学有一个著名的木桶理论，是说一个由若干块木板组成的木桶，其蓄水量既不取决于最长的木板，也不取决于多块木板的平均长度，而是由最短的那块木板长度所决定的。一个人唯有注重学习、补好短板，才能不断增强素质，持续赢得进步。

古人云："大志非才不就，大才非学不成。"邓小平在《解放思想，实事求是，团结一致向前看》的著名讲话中指出："学习好，才可能领导好高速度、高水平的社会主义现代化建设。"读书学习是一件马虎不得的事情。书犹矿更胜矿。矿，蕴藏资源，挖掘总有限度；书，充满财富，开掘永无尽头。书犹水更胜水。水，孕育万物，常谓生命之源；书，滋养心性，堪称灵魂之侣。读书求知，是人类成长进步的基础，是党员干部成就事业的引擎。

党员干部与时俱进、勇往直前，必须学问深厚、智力充足。因时而动、因势而为，头脑就得不断"充电"。断电就会"停机"，信息社会，失去补给等于中断联系，是一件十分可怕的事情。俗话说，不怕慢，就怕站；站一站，二里半。党员干部只有养成读书的好习惯，不断获得知识、汲取营养，增长智慧、启迪思维，才能让工作有"底气"，生活有"灵气"，做事有"锐气"，为人有"正气"。一个党员干部，不管居所再小，也要容下一张雅致的书桌；不管活动再多，也要弥漫几缕清幽的书香，不然你的生命就会被浮躁和喧嚣吞噬。身体可以疲惫，精神不可荒芜。党员干部只有在学问和思想的天空中不懈地追寻，才能让生活蒸腾起诗意，让生命绽放出华彩。

培根有言："知识就是力量。"这话说得对，但并不全面。我认为，"素质决定命运"才是更准确的表述，因为素质等于"知识＋能力"。如果知识是本钱，那么能力就是本事。有了本钱，再有本事，二者兼具，方能真正把握人生的命运。对于党员干部而言，其素质要求应该是，既要有坚实的专业能力，又要有过硬的党性修养，这样，才能保证在复杂的境况下不打败仗。

素质很重要，但它的获得并无捷径。素质从何而来，只能从学习中来，从实践中来，正所谓"宝剑锋从磨砺出，梅花香自苦寒来"。

学习是心灵诉求。人作为理性的动物，读书学习、追求上进乃天性使然。德国大诗人歌德说过："我们的生活就像旅行，思想是导游者。"德国著名思想家、文学家莱辛说过："我重视寻求真理的过程，胜于重视真理本身。"爱因斯坦十分喜欢这句话，曾把它作为座右铭，意在从中汲取营养，寻求慰藉。这很像日常生活中的"钓鱼"。痴迷钓鱼者，目的往往并不在于吃鱼，只是为了从持续的等待、期盼、渴望中，获得一种心理上的充实和满足，增添一些健康悠闲的生活乐趣。社会发展、人类进步，有赖于不懈地追求。人类的精神和物质世界，正是伴随着不懈地奋斗和追求，而一步步丰富、充盈起来的。幸福的实质就是奋斗和追求。人只要活着，就一定少不了奋斗和追求。凡事目光要放远，从长远看，书不误人。俗话说，艺不压身，下些苦功，多学一点儿，不会吃亏。

明代陈继儒说过一句极富哲理的话："多读两句书，少说一句话。"不读书哪有发言权，不学习哪有立身地。思想者的沉默本身就昭示着一种精神力量，而无知者越是喋喋不休，越发暴露出内心的苍白。读书学习理应成为一种心灵渴求。一个人，如果没有把一段青春时光托付给高贵的思想和真诚的文字，那么，他就是自己的敌人，因为他放弃了对自我心灵的塑造，错过了在读书时光中体会"物我两忘"的机缘。这一机缘错过了，就永远无法弥补。

学习的态度决定思想的深度，读书的厚度决定精神的高度。一本书可以造就一个沉思的人，从本质上讲，思想者与无知者的差别或许就在一本书。一本书所产生的精神距离是无法测量的。党员干部要读有用之书，做自强之人。在努力学习中，让思想丰满、精神愉悦，情趣健康、心灵苗壮；在持久学习中，让信仰坚定、心态从容，气象博大、道德高尚。仿佛正在悄悄生长的树苗，不断接受阳光雨露的滋润洗礼，最终达到与蓝天对话、与白云共舞的境界，真正的快乐感和幸福感也会油然而生。

"读书如撑船上滩，不可一刻松懈。"持之以恒地学习，自然得到应有的回报。与书为伍，就会使你耐得住寂寞；读书相长，将会使你惜时如金。人各方面能力的发展都符合一个法则：不进则退。

学问之道，贵在于思

做学问，学习固然重要，思考同样不可或缺。"人类一思考，上帝就发笑。"享誉世界的捷克著名文学家米兰·昆德拉在 1985 年荣获"耶路撒冷文学奖"的颁奖典礼演讲中，曾引用这句犹太谚语，其中似乎隐喻着什么发人深省的哲学命题。思考的问题，实际就是智慧的学问。人类凭借这一学问，不断创造着文化，开拓着文明，虽然很艰辛，但仍觉很愉悦。思考似乎很平常，人活着，谁不会思考呢？可事实并非如此。哲学家维特根斯坦曾不无善意地提醒世人："需要思考是一回事，而有进行思考的才能是另一回事。"所谓"思考的才能"，指的也许就是有价值、有意义的思考。这种思考，或者说是思维、思想，总是那样和蔼可亲、不厌其烦地教人说该说的话，做该做的事，读该读的书，走该走的路，一生不虚生命光阴，一世不辱人格尊严。

学问之道，思考的分量极重、作用极大。思考很神秘又很平实，很抽象又很具体。

思考讲究深度。不管是对宏观整体的把握，还是对微观细节的处理，思考都要求从容镇定、清醒审慎，善于从本质规律上去认识，从基本态势上去探究，而不被表面现象蒙蔽。每当面临重大变故和非常事态时，理性思考总会及时地引导人们摆脱狂躁和亢奋、丢掉侥幸和幻想，在深入分析中研判，在认真反思中求解，通过理智的追问与剖析，冷静客观地帮助人们减少失误、扭转被动。

思考讲究尺度。任何事物都有一个度，这个"度"就是一种平衡点，差一点或过一点都可能导致局面的失控。看问题不能感情用事，既要看形式，又要看内容；既要察内因，又要察外因，要综合地、整体地去思考，去判别。所谓的"横看成岭侧成峰，远近高低各不同"提醒我们，认识事物决不能以偏概全，主观臆断；决不能抓住一点，不计其余，而是要多层次、多角度地去考量，以免陷入误区、走上邪道。

思考讲究温度。它披挂着一件健康、积极、温暖的生命绿装。这种思考充满人文关怀、人性关照。它讲求瞻前顾后，讲求可持续发展，讲求人类与自然的和谐，讲求生命的意蕴和生存的价值。它教会人们放下身架、摒弃傲慢，把世界看作一个自然的存在、共生的家园，把社会看作一个有机的整体、生活的课堂。它习惯于用敬畏与谦卑的态度面对世间万事万物，科学地分析把握自然与人类关系的规律，得出合乎逻辑的结论，进而从困境中寻求解脱、走向解放。

思考是学习的挚友，学习离不开思考；思考是问题的向导，问题少不了思考。也许学习和思考的目的，就是及时解答人类在文明旅途中遇到的各种各样的矛盾和问题。

孔子曰："学而不思则罔，思而不学则殆。"意思是说，如果一个人只学不思，就容易陷入迷茫；只思不学，就会疑惑而无所得。学是基础，思是跃升。学习要深入，就得勤思考，就要想问题。从某种意义上说，问题就是联系学习和思考的纽带。问题意识越浓，学和思联系越紧，破解问题的概率就越高。

有谚曰：一个心不在焉的人就是穿过森林，也不会看到一棵树木。问题是客观存在的，但由于人们的忽视，才造成一次又一次人生与事业的被动。问题就是世界存在的基本样态。毛泽东说："什么叫问题？问题就是事物的矛盾。哪里有没有解决的矛盾，哪里就有问题。"在懦夫懒汉眼中，问题是麻烦的代名词；而在积极进取者看来，问题却蕴含着希望的"种子"。

发现问题，认识问题，研究问题，解决问题，是人类智慧最集中最主要的体现。问题培育智慧，智慧的本质实乃人的创新能力。无论是科学创新，还是制度创新；无论是逻辑理性思维方式，还是直观通悟思维方式，都是由问题启动的。有了问题意识，人们去思考、去探索，才会产生一个又一个破旧立新之念，才会出现一次又一次发明创造之举。

要想成为明白人，必须先做有心人，既常问多思，又肯钻善谋。问题意识的强弱体现着思想成熟的高低。我们常说的思想实际上就是一种道理，而道理呢，原本是对问题的解答。一个不懂道理、不讲道理的人，可以说就是一个没有思想的人。没有思想，厘不清事物的头绪，看不透问题的症结，自然就会犯迷糊，就会走弯路。所以，我们遇事都要头脑清醒、反复掂量，做到三思而后行。

学问是大树，问题就是根苗，学问的大树是在问题的根苗上成长壮大起来的。

老子曰："夫唯病病，是以不病。""病"的解法很多，但在这里"问题"是最为准确的解释。这就是说，只有把问题当作问题，才可以不出问题；只有勇敢地正视问题，才能够有效地解决问题。党员干部特别是领导干部工作中难免会出现一些棘手问题，如何科学应对，这就需要脑子里多思考一些问题，遇事多问几个为什么，透过现象看本质，找出事物的内在联系，进而认识规律，把握趋势，形成正确的意见或决策。

问题源于学问，问题又是开启人们探索世界之门的一把金钥匙。问题持续引领人们从必然王国向自由王国迈进。没有问题，人们就会失去认识的活力，泯灭思维的天性。问题改变着历史，推动着世界。浓厚的问题意识，使人们能从平凡常遇的自然和社会现象中见微知著，触发思维的灵感，骤然进入花红柳绿的全新天地。像苹果落地那样普遍的事，也能让牛顿发现万有引力定律；像水壶盖子被气体顶起来那样普遍的事，也能让瓦特发明蒸汽机。这些普遍现象反映出事物的普遍规律，而普遍性往往就寓于特殊性之中。

"疏神达思，怡情理性。"读书是一种德行，思考是一种智性，"智是进德之基"。反思"四风"问题，绝非偶然现象，它的存在与学风淡、玩风盛直接相关。一个爱学习、有理性的人，哪里忍心将大把美好的时光都付之东流？

读书学习领悟、洞悉世界，思考决断改变、推动世界。唯有持之以恒学好理论、丰富思想，我们才能科学理性地正视问题，及时果断地化解矛盾。

学问之道，贵在于行

学为知、知为行，知明行笃，知行合一；与时俱进，方成大器。学中问、问中学，"锲而不舍,金石可镂"；日积月累，久久为功。

《中庸》有言："博学之，审问之，慎思之，明辨之，笃行之。"恰好道出了学与问、知与行的内在关系。孔子《论语》以"学而时习之"开篇，仔细琢磨，其实就包含了知与行关系的问题。学就是知，习就是行。由此可见，知行问题是孔子学说中的重要问题。《中庸》有言："好学近乎知，力行近乎仁，知耻近乎勇。"子思的观点与孔子一脉相承。

全面理解古人心目中的"知行合一"，应当明白，在日常生活中，对人、对事都应秉持天理良心；在政治生活中，于公、于私都要遵从职业操守。

学习不是摆样子、装门面，而是增素质、强本领。学习的目的全在于应用。知与行、学与用就好比打仗一样，需要的不只是精良的武器，同时还需要因时因地加以使用，使之能够在战场上发挥更大更好的效用。知行相合、学用统一的秘诀说起来十分简单，只有"结合"两个字，可要真正做起来，却并不容易。如何做到结合、做好结合，功夫就在实践、求是、悟性这三个关键词上。

一说实践。学习是最真的朋友，实践是最好的老师。论起实践，总给人一种亲近之感。在静中读书、在动中做事，是人生的正常状态。对于共产党人而言，实践的意义尤为重要。实践的观点是马克思主义的基本观点。人民群众充满创造力的实践活动是马克思主义的源头活水，也是党员干部增长智慧和本领的最好教材。马克思主义的生命力就在于尊重实践。马克思主义是一门在实践中不断创新和发展的科学，党员干部坚持实践标准，置身社会，潜心实践，在感知、品味、体验和亲历中，了解人民群众的疾苦冷暖、愿望要求，把握人民群众的思想脉搏、心理困惑，是赢得发言权和主动权的唯一正确途径。"艰难困苦，玉汝于成。"实践出真知，实践长才干。只有经风雨、见世面，才能壮筋骨、担责任，为人民奉献，为时代添彩。

我们常讲学以致用、用以促学、学用相长，说的都是理论实践结合的问题。如果理论学习是补充能量的话，那么，实际运用就是释放能量。学习有赖恒心，实践需要诚心。知行并进、互为终始，定能使人如虎添翼。

生活在这个世界上，每个人都是实践者，为了谋生都得劳作。劳作的过程实际就是实践的过程。劳作也即实践的程度决定着成功的大小。"涉浅水者得鱼虾，入深水者得蛟龙"，讲的就是这个道理。实践活动对党员干部而言显得尤为重要。党员干部干事创业，舒舒服服、安安稳稳混日子根本行不通。既要讲学习，也要讲应用；既要重理论，又要重实践。当然，真正的实践，既不是"纸上谈兵"，也不是好高骛远，而是要扑下身子、贴近实际，劳心劳力、苦干实干，做名副其实的搏击风浪的弄潮儿。

二说求是。求是，即实事求是的简说。"实事求是"一语，最早见于《汉书·景十三王传》。毛泽东同志运用马克思主义哲学，对这句古语进行了新的阐发："'实事'就是客观存在着的一切事物，'是'就是客观事物的内部联系，即规律性，'求'就是我们去研究。"可见，"求"是"实事"和"是"之间的桥梁，是坚持实事求是的关键。从"实事"中求"是"，无"的"放矢"不行，有"的"无"矢"也不行，需要具备必要的素质和本领。没学养，轻实践，假"结合"，"求"的过程必然障碍重重。究其原因，则有诸多方面：或只知其一，不知其二——片面性；或只见树木，不见森林——孤立性；或只看当前，不看长远——静止性；或只看现象，不看本质——表面性；或墨守成规，生搬硬套——主观性；等等。上述种种唯心主义和形而上学的方法，本身与科学无缘，谈何求得科学真理。

习近平同志指出："实事求是，是马克思主义的根本观点，是中国共产党人认识世界、改造世界的根本要求，是我们党的基本思想方法、工作方法、领导方法。不论过去、现在和将来，我们都要坚持一切从实际出发，理论联系实际，在实践中检验真理和发展真理。"这段话对实事求是的本质特征、基本内涵和实践要求做出了十分简明的概括。做到实事求是，就必须立足于"实事"，执着于"求"，着眼于"是"，坚持一切从实际出发，具体问题具体分析，把对上负责与对下负责结合起来，把共性要求与自身特点结合起来，预测发展趋势，总结经验教训，提高全面正确地贯彻执行党的路线、方针、政策和国家法律、法规的自觉性及坚定性。

实事求是，关键在"求"，"求"是一门大学问。正确的"求"，需要辩证的方法论，需要用科学的"望远镜"和"显微镜"去观察分析问题和矛盾，在认识事物本来面目和真实状态的基础上，及时发现和纠正思想、工作上的偏差，"使我们的思想和行动更加符合客观规律、符合时代要求、符合人民愿望"。坚持实事求是，是党员干部的基本功。重视这门学问，有助于审时度势，有助于强肌固本，并且能够让我们在追求真理的道路上始终奋勇前行。

三说悟性。说起"悟性"，让人心生好奇。它不由得使人想起大脑，想起自然。因为悟性与人脑和自然密切相关。人类要感谢大脑，更要感谢自然。自然给人类提供悟性之基，大脑给人类提供悟性之源。在自然之基的支撑下，人脑才有条件尽情挥舞"悟性"的十八般武艺。人类区别于自然界万千生物的根本特征就在于人的大脑，在于人脑所产生的悟性以及悟性的无限性。因为悟性的存在，人类不同于世界上任何其他生命个体，并且超越于其他一切生物。虽然悟性也产生征服的欲望，让人类犯下许多错误，走过不少弯路，但悟性本身所具有的智慧，却总是能够想方设法地引领人类摆脱贪欲和愚蠢的物质诱惑，在执着追求更加美好而优雅的接近生命本质的生存境遇中，逐步走向充满光明和希望的彼岸。

那么，我们究竟如何理解和认识悟性的内涵呢？悟性，可称作是"思想的思考"。它的特征是以内隐的、含蓄的、隐喻的方式存在着，其作用力丝毫不能低估。在悟性的王国里，生命多姿、万物多情，其想象力可以填充所有的空间，迸发出奇异绝妙的思想火花。在悟性的世界中，智慧仿佛插上了神奇的翅膀，可以自由自在地飞翔。这种神秘的情智性思想状态，具有无限的感悟力和无穷的穿透力。在悟性的作用下，灵感时常光顾，奇迹不断出现，人们生活的信心逐步增强，奋斗的勇气日渐增大，世界变得越来越美好。悟性，说到底是自然呵护、人类创造的一种塑造世界文明进程的产物。

悟性靠"悟"。"悟"之本义，《说文》曰："悟，觉也。"悟性，通俗地讲，就是对事物的理解和分析能力。悟性并非天外来物，它源自实践、源自积累，是学问的产物，是智慧的结晶。悟，实际指的就是实践—认识，再实践—再认识的一个循环往复的过程。即通过对具体事物的反复比较、鉴别、思考、提炼，由此及彼，由点到面，由事入理，从而小中见大，虚中见实，微观中见宏观，个别中见一般。悟性是一种创新，需要学问；拥有更好的悟性，需要更大的学问。学问是悟性的前提，悟性是学问的体现。党员干部要真正能悟善悟，必须有勤奋上进的精神和研究思索的习惯。悟性只惠顾勤学好思、善问肯干的有心之人。深厚的学识、丰富的实践、高尚的人格、无畏的担当，才能实现于国家于社会的有用之"悟"。毛泽东改苏联的城市包围农村为农村包围城市，是有用之"悟"；邓小平的"社会主义市场经济"和"一国两制"理论，是有用之"悟"；习近平的"一带一路""人类命运共同体"也是有用之"悟"。国家需要这种"大悟"之人，单位也需要各种"小悟"之人，悟得好，我们的事业才大有希望。

读书学习做学问，学思践行干事业，是为了追求至高境界，升华人生价值。清代学者王国维在《人间词话》中写道："古今之成大事业、大学问者，必经过三种之境界：'昨夜西风凋碧树。独上高楼，望尽天涯路。'此第一境也。'衣带渐宽终不悔，为伊消得人憔悴。'此第二境也。'众里寻他千百度，蓦然回首，那人却在灯火阑珊处。'此第三境也。"借词抒怀，以情寓理。第一境界是说居高思远，认定目标，要有抱负；第二境界是说爱则至纯，矢志不渝，得有毅力；第三境界是说功到深处，水到渠成，必有收获。读过金庸《笑傲江湖》的同志都知道，书中也曾讲到手中无剑，心中有剑，是剑客的最高境界，此言与王国维所论异曲同工。意思是说当剑功练到炉火纯青的地步时，便出神入化，随便拿起什么，或者根本不拿什么，赤手空拳，也能战胜手持利刃的对手。练剑开始，初学者一剑在手，老师怎么挥，自己怎么舞——手中有剑，心中无剑，是初级阶段；而后，渐渐脱离老师，自己舞剑——手中有剑，心中也有剑，是跃升阶段；再以后，熟能生巧，挥洒自如——"手中无剑，心中有剑"，才到高级阶段，也即最高境界。以上两例，学问深矣！其对党员干部做人做事理应有所启迪。追求也好，苦练也好，先存志向，再有精神，才具境界，这才是学问之正道，人生之坦途。

谈修身

重视立德修身，是中国人的文化传统。修身先立德，充分彰显了道德的价值。何为德?《礼记·乐记》曰："德者，得也。"何以立德?《左传·襄公二十四年》云："大上有立德，其次有立功，其次有立言，虽久不废，此之谓不朽。"为何立德?《战国策》讲："德不厚者，不可以使民。"在中国古代圣贤心目当中，修身做人以立德为本，为政治世以厚德为要，对此，是丝毫也不容含糊的。

习近平总书记强调："道德之于个人、之于社会，都具有基础性意义，做人做事第一位的是崇德修身。""修德，既要立意高远，又要立足平实。要立志报效祖国、服务人民，这是大德，养大德者方可成大业。同时，还得从做好小事、管好小节开始起步。"尽管这是对广大青年提出的殷切期望，但之于党员干部，同样具有极为重要的指导意义。

崇德修身，立德做人，要从大处着眼，从小处入手，在点点滴滴中陶冶自我、改造自我，在平平常常中磨炼自我、强壮自我。

一说知善恶

《国语·鲁语》下篇讲了一位名叫敬姜的母亲教育为官的儿子的故事。其中有这么几句话："劳则思，思则善心生；逸则淫，淫则忘善，忘善则恶心生。"母亲忠告儿子：热爱体力劳动，才能想到爱惜物力，知道节俭，进而心怀善意；贪图安逸享受，就容易腐化堕落，从而丢弃向善之念。言语虽然简单，但句句犹如警钟贯耳!《周易》有言："积善之家，必有余庆；积不善之家，必有余殃。"美德善行决定着家族的兴衰，推及社会和国家何尝不是如此!

善为德本，心正善生。善，作为伦理学最根本的问题，无可争议地成为道德的最高境界。老子曰："上善若水，水善利万物而不争，处众人之所恶，故几于道。"在老子眼中，水是坚韧、忠贞、清正与博大的集合体，正因为如此，它才最有资格成为"善"的标志。《抱朴子》曰："非积善阴德，不足以感神明。"明辨善恶、正心积善，是为人处世最需要做好的一门功课。对此，党员干部更应切记。

一、与人为善

"善，大也。"意思是要以宽厚、仁慈的心态待人接物，成人之美。孟子曰："取诸人以为善，是与人为善者也，故君子莫大乎与人为善。"君子的最高德行莫过于偕同别人一道行善。善，在孟子心目中具有至高无上的地位，善不仅是君子追求的最高标准，而且是区分好人与坏人的基本依据。

追溯历史，以礼识善是中国人的文化习俗，向善逐德是中国人的价值追求。中国人讲礼仪、重礼节，往往以是否有良善之心，是否能与人为善为衡量标准。孟子认为："辞让之心，礼之端也"，它同"恻隐之心""羞恶之心""是非之心"皆为善端，由此构成仁、义、礼、智"四德"，进而达到至善。礼仪乃"向善"的同义语。不论是磊落爽直的仪容，雍容大度的仪态，还是彬彬有礼的仪表，庄重虔敬的仪式，展现出的都是与人为善的生活态度和良善宽厚的道德操守。

检验一个人是否与人为善的试金石，是看他对待下层民众的态度，尤其是对那些地位显赫的人而言更是如此。"善下斯为大，能虚自有容。"处身社会，善上好像天经地义。位高权重者使人敬畏，对其毕恭毕敬、和颜悦色好像理所应当。善下似乎难以成习。人微言轻者让人漠视，对其不理不睬、颐指气使通常合乎体统。这种不正常的观念不仅古代浓厚，而且如今仍存；不仅中国有，而且外国亦重。与人为善，"善下"最能体现一个人善的真实性和纯洁度。善下之人一定是那种修养高、德行好的人。让善下蔚然成风，是一个健康社会所应追求的弥足珍贵的道德标准。

党员干部，特别是党员领导干部要把与人为善作为修身立德的基本要求。与同志交往，既要做到和蔼可亲、平易近人，又要做到急人所难、帮人所需。与人为善不是盛气凌人、颐指气使，更不是飞扬跋扈、作威作福。与人为善决不与纵容袒护画等号，它是发自内心的关心，出自真心的教育，源自厚爱的处罚。领导干部坚持原则、主持公道是与人为善，实事求是、合理变通也是与人为善。靠与人为善，领导干部赢得的不仅是权威和服从，还有更宝贵的信任和尊重。

二、积善成德

善，从小到大，是一个不断养成、持续积淀的产物。《易传》曰："善不积，不足以成名；恶不积，不足以灭身。"认准做人的正确目标，才能趋利避害，赢得健康而幸福的人生。荀子曰："积土成山，风雨兴焉；积水成渊，蛟龙生焉；积善成德，而神明自得，圣心备焉。"高尚的品德不是生来就有的，而是从长期"善"的积累中获得的。毛泽东同志说："一个人做点好事并不难，难的是一辈子做好事，不做坏事。"如何积善成德？毛泽东同志又说，做"一个高尚的人，一个纯粹的人，一个有道德的人，一个脱离了低级趣味的人，一个有益于人民的人"。伟人所倡导的善与德更为全面，更为明确，更为严格。

积善还是积恶，涉及一个人对待生活的态度。古罗马政治家塞涅卡在写给兄长伽利奥的书信《论幸福生活》中说：

"幸福生活就是拥有一颗独立、高尚、无畏且不可动摇的心灵，远离恐惧与欲望，视荣誉为唯一之善，视臭名为唯一之恶，并将其他一切视为一堆微不足道的东西。"在他所提出的几点建议中有一条特别引人注目，就是"在孤身一人情况下的所作所为，也会像在罗马人民的注视之下的所作所为一样"。党员干部是否可以从中汲取一些营养，更加坚定地锤炼自己的党性修养呢？这就是，无论什么时候都不干一件损人利己的事情，做到问心无愧，对得起良心，不玷污做人的美德，不损坏党的声誉。也许，这种源自内心的自觉自愿的修为才是我们所应追求的真正的善，这种善绝不是其他任何外力作用的结果。

三、抑恶扬善

社会生活中，"善"总是与"恶"相比较而存在，相斗争而生长的。善之美好与恶之丑陋形成强烈的反差。"勿以恶小而为之，勿以善小而不为。""功莫美于去恶而为善，罪莫大于去善而为恶。"无不告诉人们向善避恶的道理。孔子所说的"见贤思齐焉，见不贤而内自省也"，"见善如不及，见不善如探汤"，"三人行，必有我师焉。择其善者而从之，其不善者而改之"等，推崇的也都是改过迁善、见贤思齐的道德修养模式。根据佛教教义，善有善报，恶有恶报，在其设计的因果报应中清楚地体现着赏善罚恶的道德尺度。基督教教义同样设定了一个来世不朽的境界，一个人只要时刻保持一颗善良之心，多行善良之举，不违反上帝的意志，就能得到上帝承诺的回报。两种教义不同，但目标一致，都是教诲人们诚心为善而不任性作恶。

至现代法治社会，善的弘扬被赋予更多理性的成分，即在排除恶的可能性中让善得以彰显。相互交往，不论多好的朋友，借钱，也需立个字据；还钱，也得当面点清。道理很简单，虽然世界上好人占据多数，良善处于上风，但这并不能排除有个别伪善和邪恶的人混迹其中。哪怕只是个别的人有时候也会坏了大事，正像"一颗老鼠屎坏了一锅汤"一样。健康的人为什么要体检，目的就是通过排查，找出体内那些容易引发病变的苗头，及早加以防治，以消除可能影响肌体健康的隐患。因此，对善的弘扬往往离不开对恶的抑制。激浊扬清，方能朝着"至善"的境界不断跃升。

党的十八大以来，正风反腐、"打虎拍蝇"的力度逐步加大，目的是净化和纯洁党的队伍，弘扬廉洁奉公、一心为民的优良作风，使我们党始终充满生机和活力，始终走在为实现中华民族伟大复兴而奋斗的壮丽事业的时代前列。

四、善始善终

做事做人，良好的开始很重要，完好的结局更重要，这样才能达到功德圆满。"靡不有初,鲜克有终。"凡事无不有个开头，但很少能有个终了。有始有终不易，善始善终更难。历史上有多少朝代，打江山时如日中天，坐江山时日落西山，最终落得个王朝倾覆的可悲下场。

万事有初，欲求善终，理当慎始。《礼记·经解》中说："君子慎始，差若毫厘，谬以千里。"言在慎始，意在善终，提醒人们戒慎初始，以免留下祸根。《松窗梦语》中记载有这样一则故事：

明代张瀚初任御史时，去参见都察院长官王廷相。王廷相寒暄一阵之后，给张瀚讲了一个乘轿见闻。说他有一天乘轿进城遇雨，一轿夫穿了双崭新的鞋子，开始时，小心翼翼地循着干净的路面走，"择地而蹈"。后来轿夫一不小心，踩进泥水坑里，由此便"不复顾惜"了。王廷相说："居身之道，亦犹是耳，倘一失足，将无所不至矣！"张瀚听了这些话，"退而佩服公言，终身不敢忘"。此后，他一直严谨从政、清廉为官，官至吏部尚书，名留青史。

"轿夫湿鞋，不复顾惜"是一种生活常态。就像人们穿衣服一样，新上身的时候一般格外留意，总怕弄脏弄皱，可一旦穿过一些时日，也就不再那么讲究，而是变得随意很多。一个人立身处世，如果"其始不立"，一定"其卒不成"。如果做坏事、做恶事，有了第一次，就会有第二次、第三次，"一念放恣，则百邪乘衅"。只有慎终如始，才能经住诱惑、抛却杂念，保全名节、赢得善终。

如果稍加留意就会发现，凡是腐化堕落的人，都是因为思想上放松警惕，助长了不良念头。古人说："一念过差，足丧生平之善。"党员干部要坚持培养清廉的品格，始终做到洁身自好，"勿以恶小而为之，勿以善小而不为"。一些党员干部从破纪走向违法犯罪不归路的惨痛案例一而再，再而三地警示人们：为己谋利，自甘堕落终灭身；为民造福，多行善举是正道。

二说识难易

世界上的事物，难则不易，易则不难。辩证地对待和处理事物，将复杂的问题简单化、简单的问题复杂化，是行之有效的方法。

老子云："有无相生，难易相成，长短相形，高下相倾。"也就是说自然界的一切事物都是相反相成的。老子又云："天下难事，必作于易；天下大事，必作于细。"意思是说：天底下再再困难的事，也必须由容易的事情做起；天底下再大的事情，也必须从小事做起。道理很简单，但并不是每一个人都清楚。大事，由一件件小事积累而成；不凡，由一个个平凡汇聚而就。这样的智思俯拾皆是：千里之堤，溃于蚁穴；差之毫厘，谬以千里；小洞不补，大洞受苦。事业的成败，往往就在于细微之处。党员干部无论处理事务，还是办理政务，都必须重细节、讲程序，不马虎、不含糊，做到既遵循法度，又合乎情理，这样，才能少费周折、少犯错误。

说难易，重点在"易"。按照传统的说法，"易"有三义：简易、变易、不易。前两义好理解：简易即简单、容易，变易即变更、变化；而后一义"不易"，即不简单、不变化，理解起来却并不那么简单。

在《周易》中，所谓简单，是说全部卦象都由阴阳两爻构成，构成单位简单至极，就是一个"—"、一个"— —"，似乎不难。略加识别，大部分人都能认知一二。可以说，它的入门并不难。所以讲，"易"的第一要义就是"简单、容易"。可是，再深入研究下去就会不知所措，因为就是这么两个简单的构成单位，却演绎出了无穷无尽的变化，要穷尽其中变化的奥秘，再高明的人也觉得犯难，因为"一切皆变"，而唯一不变的就是变化，你说到底是难还是不难。

最能代表《周易》智慧或者说反映难易内涵的莫过于围棋。围棋至简，它由黑子、白子构成，游戏规则就是围子；围棋至繁，虽黑白两子，但棋局变幻莫测。人们会下围棋非常简单，但要真正下好围棋却极其困难。

从做人上讲，精益求精、一丝不苟，必然难，但这样的人往往能够驾驭和掌控自己的命运；而对那些放任懒散的人而言，其人生成就到头来只能是空空如也。俗话说："不经一番彻骨寒，怎得梅花扑鼻香。"

曾有人说，做人难，做女人更难，做名女人难上加难。这话听起来好像很有道理，但仔细一想也有问题。名女人一般都是经过无数艰辛努力，最后才赢得了风光无限的社会地位，本应从难到易，怎么又由易返难了呢？这里面实际有一个修为问题，你成功了，万众瞩目，整天生活在聚光灯下，行为上如果稍不注意被人抓住把柄，就会被无限放大，成为众矢之的。但如果你不自以为是，坚持遵从规范、以德服人，真正德艺双馨，让社会公众心服口服，还有什么犯愁之难？

古人云："人生耐贫贱易，耐富贵难；安勤苦易，安闲散难。"精辟之论，发人深省。难易之别，充满哲学玄机。可以说，真正考验一个人道德操守和意志品质的东西，恰恰不在难处，而在易时。换句话说，艰难困苦未必可怕，灯红酒绿却极为凶险；枪林弹雨亦不足畏，"糖衣炮弹"却十分恐怖。

从做事上讲，兢兢业业、任劳任怨，肯定难。但这样的事做了以后，都会留下有形或无形的印迹，所谓"人过留名，雁过留声"，其所赢得的一定是人民群众的口碑。而对那些花拳绣腿的事来讲，其真相一旦大白于天下，一定会落得个怨声载道的可怜下场。

做事的难与易是相对的。有这么一则故事很能说明问题。故事说的是有一艘轮船坏了，找了很多人修了很多天都没有修好。后来来了一个工程师，用铅笔在船体上画了一条线，说："从这儿打开，把里边的螺丝紧一下就行了。"船员们打开一紧，果然故障就排除了。这时船长有点后悔：“你只画了一条线，就要不少钱。”工程师说：“画一条线，只值一美元，但真正的价值是知道在哪里画线。”人们看到的只是工程师表面上成功得来的容易，却不知他在成功的背后，经历过的刻苦钻研、废寝忘食的艰难过程。难与易的转化程度同心血和汗水付出的程度成正比。

世上无难事，只要肯登攀。关键在于有没有吃苦耐劳的劲头，有没有精益求精的精神，有没有顽强拼搏的意志，有没有勇于创新的毅力。有了该有的精气神，没有过不去的火焰山。这就好比农民种庄稼，一个汗珠摔八瓣，自然赢得好收成。世界上越难的事情，做成以后的收获也就越大。世界上再难的事情，只要扭住不放，就有做成的机会。

难易相成，世理皆通：用心下力先难后易，敷衍马虎先易后难。

从做领导干部来讲，吃苦在前，享受在后，自然难。但这样的领导干部常常能够成为引领时代潮流的骄子，而那些谋私弄权的领导干部，只会为人民所不齿。

做领导干部有何之难？论待遇你比百姓高，论影响你比百姓大，理应为百姓解忧，先百姓难而难。你要难了，百姓就易；你要易了，百姓就难。

做领导干部确实难。难不难，群众心里最清楚。关键是这话要由群众讲，而不是由你说。凡自己说出来，往往都是在发牢骚，群众还会认为你是得了便宜还卖乖。群众的眼睛是雪亮的，真正的好干部，群众认得最清，并且打心眼儿里敬佩那种鞠躬尽瘁、死而后已的精神。焦裕禄、甘祖昌等，将永远被亿万人民群众铭记。

正确认识难和易，严肃对待难和易，党员干部就要注意校正行为，在无私无畏的担当尽责中，为党和人民的事业不辞辛苦，多做贡献。

知难而进，难即变易。如何看待、对待难易，不仅是一种识物的态度，而且是一种做人的境界。明代方孝孺说："虑天下者，常图其所难，而忽其所易；备其所可畏，而遗其所不疑。"他告诫我们，考虑问题不能只掂量自认为很难解决或自己所畏惧的问题，而忽视那些自认为容易或没疑问的问题。这样走极端的结果，极有可能是一事无成。

一部《周易》，大道至简，理通天下，即是对难易关系最好的诠释。

对待难易的态度，实际就是对待责任的态度。当领导有领导的责任，当干部有干部的责任，责任有大有小，但在担当精神上却没有区别。"事不避难，敢于担当"；迎难而上，乐于担当，工作会越干越顺，路子会越走越宽，机遇一定大于挑战，公心必然战胜私欲。

三 说懂舍得

舍得，是由两个反义词构成的褒义词，显示出先人造词的高明。多干一点不吃亏，多让一点不窝囊。因为，世人最忌不劳而获的人，最崇先人后己的人。

长远地看，损人并不利己，耍小聪明的人最为愚蠢，占小便宜的人必吃大亏。

俗话说："吃亏是福。"有谚曰："让礼一寸，得礼一尺。"常言道："授人玫瑰，手留余香。"道理皆通。吃亏的人看得开，心眼好，胸怀宽，所以乐观长寿，受人敬仰。把精神的东西看得比物质还重，是人之为人的本质特征。

舍得贵舍，舍即放弃；舍得终得，舍即获取。放弃是为了更好地拥有。舍弃越多的人，获得也越多，因为丢弃的是物质的累赘，获得的是精神的自由。

想过简单轻松的生活，拥有身心的自由，就要学会放弃。

舍得是一种智慧。舍得既是修身养性的哲学，也是为人处世的艺术，同时还是治疗人生百病的一剂良药。

欲先取之，必先予之。汉代司马相如所著《谏猎书》有云："明者远见于未萌，而智者避危于无形。"卧薪尝胆的故事说的便是这一道理。春秋时期，吴国军队把越国军队打得落花流水，越王勾践被迫离开自己的国家，忍辱负重，给吴王夫差当了奴仆。三年以后，勾践被释放回国，他立志洗雪国耻，发愤图强，每天睡在草堆上，吃饭时尝尝苦胆的滋味，以不忘亡国之耻。公元前473年，勾践率领大军灭了吴国，做了春秋时期最后的一个霸主。

在现实工作和生活中，也需要舍得的智慧。比如履职。年轻人无不渴望进步，因为进步不仅意味着较高的薪水，而且显示着较高的地位。但不同的是，有的人做得多想得少，做得强想得弱；有的人却做得拙想得巧，做得假想得真。于是乎，距离就在这种所谓"傻子"与"聪明"的无形较量中被渐渐地拉开了。再如饮食。其健康之道，不是一味地追求口福之快，贪图美味佳肴，经常大鱼大肉，而是要十分讲究营养均衡，力求适度有节，多些粗茶淡饭。要知道，吃得贵不如吃得对，吃得好不如吃得下。一个人，可以让"病从口入"，同样也可以让"病从口出"。你放弃了不该得的，该得的不会少，反之亦然。有舍有得，不舍不得，大舍大得，小舍小得。

舍得是一种清醒。晋代陆机《猛虎行》有云："渴不饮盗泉水，热不息恶木阴。"讲的就是在诱惑面前的一种放弃、一种清醒。

孟子曰："鱼，我所欲也；熊掌，亦我所欲也。二者不可得兼，舍鱼而取熊掌者也。生，亦我所欲也；义，亦我所欲也。二者不可得兼，舍生而取义者也。"面对取舍，要有清醒的头脑，明智的眼光，切不可鼠目寸光、急功近利、因小失大。

以虎门销烟闻名中外的清朝封疆大吏林则徐，便深谙放弃的道理。他以"无欲则刚"为座右铭，为官近40年，在权力、金钱、美色面前洁身自好，留下了千古美名。

就党员干部来说，每个人手中都有大大小小的权力，免不了会受到或明或暗的诱惑和"围猎"，在一次次的考验和检验中，有的人严守党性原则，坚守道德底线；有的人背离信念宗旨，甘愿为虎作伥。两相对比，前者舍弃了很多，但维护的却是无价的党的形象和人格尊严；后者索取的不少，但失去的却是人民的信任和心灵的安宁。前者堂堂正正，笑对人生；后者战战兢兢，苦熬时日。孰得孰失，一目了然。

自私吝啬的人，在贬值中艰难度日；慷慨给予的人，在增值中快乐生活。

舍得是一种境界。淡泊名利者往往能够成就大业，清心寡欲者往往能够获取大功。道家主张"无为无不为"，即所谓清静无为，却又是无所不为。

老子的"无为"，就是要我们从"道"出发，做事应遵循"道"，也即顺其自然。

要"无为"，首先要做到"无欲"。为什么要"无欲"呢？因为人有欲求，就会不自由，就会有烦恼，就会患得患失。即使你的欲望全部满足，拥有的还会丧失，如"金玉满堂,莫之能守"，拥有越多，失去越多。反之，如果人无所欲求，根本不想得到什么，就自然不会失去什么。

"无为"不仅是"无欲"，还要"不争"。老子曰："夫唯不争，故天下莫能与之争。"

不争，是天下莫能与之争的前提条件。不争，天下莫能与之争，其字面意思就是，你若对"身外之物"抱不争的态度，那么，那些争得满头大汗的人都争不过你。当然，老子的意思并不是说那些名、利、权等"身外之物"，不争就会自动送到你的手里，而是说这些并非生命的根本价值，不值得去争，顺其自然方为上策。

每一个人，包括党员干部在内，面对公与私、义与利、廉与腐、俭与奢、苦与乐的关系，都涉及取与舍的选择。相比而言，得之较易，舍之很难。能舍之人，必有所得。

舍得的同义语是幸福。教师付出心血，得到的幸福是桃李天下；医生救死扶伤，得到的幸福是民众康健；农民抛洒汗水，得到的幸福是五谷丰登；党员干部无私奉献，得到的幸福则是百姓口碑。

谈党性

习近平总书记在十九大报告中指出："全面从严治党永远在路上。"

全面从严治党，指的就是党的建设新的伟大工程，而先进性和纯洁性建设则是其中的重中之重。习近平总书记明示："先进性和纯洁性是马克思主义政党的本质属性，我们加强党的建设，就是要同一切弱化先进性、损害纯洁性的问题作斗争，祛病疗伤，激浊扬清。全党要以自我革命的政治勇气，着力解决党自身存在的突出问题，不断增强党自我净化、自我完善、自我革新、自我提高能力，经受'四大考验'、克服'四种危险'，确保党始终成为中国特色社会主义事业的坚强领导核心。"

建设伟大工程，通俗地讲，就是中国共产党为保持自身的先进性和纯洁性所进行的自我革命。要知道，没有无私无畏的自我革命，也就没有有模有样的社会革命。"四个伟大"，起决定性作用的是党的建设新的伟大工程。

从"作风建设永远在路上"到"党风廉政建设和反腐败斗争永远在路上"，再到"全面从严治党永远在路上"，围绕保持党的先进性和纯洁性，党的建设新的伟大工程一直在发力，持续在加强，不断在进步。

加强党性修养，坚持不懈地锤炼自身的先进性和纯洁性，是每一个共产党人所必须认真面对的重大政治任务。

辨是非——共产党员党性的试金石

诸葛亮提出的识人七法中，第一条就是"问之以是非而观其志"。即通过观察该人对一些大是大非问题的态度和观点，了解他的信仰和志向。

"人，不一定能使自己伟大，但一定可以使自己崇高。"

是非观不仅是用事实判断问题，更是用价值判断问题。对共产党员而言，是非观深层反映了其认知取向、道德取向和政治取向。共产党人倡导的是非观，源于对真理的追求，讲究的是对原则的坚守。

是非观的核心是政治观，所以政治建设是确立正确的是非观也即政治观的最基础、最根本的建设。

习近平总书记在十九大报告中首次把党的政治建设纳入党的建设总体布局，突出强调"党的政治建设是党的根本性建设，决定党的建设方向和效果"，要求以党的政治建设为统领，凸显了党的政治建设的极端重要性。这是马克思主义党建理论的重大创新，意义重大而深远。

《易经》曰："正其本，万事理。"

新时代推进党的建设新的伟大工程，必须将政治建设作为党的建设的纲和魂，以政治建设为统领和核心，全面加强党的各项建设。政治建设是思想建设、组织建设、作风建设、纪律建设的基石。政治建设抓好了，对党的其他建设可起到纲举目张的作用，正所谓"提领而顿，百毛皆顺"。

旗帜鲜明讲政治，是我们党一以贯之的要求。历史和现实一再表明，讲政治，关乎党的前途命运，关乎事业兴衰成败。

旗帜鲜明讲政治，是共产党人最大的是非观。只有旗帜鲜明讲政治，才能洞察秋毫辨是非。

政治建设是立党之要。讲政治必须强政治，建构政治上的铜墙铁壁。

首先，要筑牢政治灵魂。要坚定理想信念。理想信念是人生的灵魂之舵。理想信念犹如航船上的指南针，有了它，才能确保航船沿着正确的方向前行。

站得高，才能看得远。一个人，踮起脚尖比正常站着要高，跳跃起来比踮起脚尖要高。道理很简单，不设定极限，人类永远不可能实现超越。路在人走，事在人为。

作为共产党人，既然选择了信仰，就要以理想信念铸就钢筋铁骨，永远不忘为民奋斗的初心，始终站稳人民立场，把为人民服务作为毕生追求，以干事创业的实际成果回馈人民。

习近平总书记在十八届中央纪委七次全会上指出：
"面对公和私、义和利、是和非、正和邪、苦和乐的矛盾，
是选择前者还是后者，靠的就是觉悟。"这个"觉悟"就是
信仰信念，就是精神境界。有了这个觉悟，我们就能够固
灵魂、辨良莠、分好坏、明是非，永葆共产党人的先进性
和纯洁性。

其次，要坚守政治定力。牢固树立"四个意识"，自觉
向以习近平同志为核心的党中央看齐，坚决维护党中央权
威和集中统一领导，切实做到在思想上衷心拥护核心，在
政治上坚决维护核心，在组织上自觉服从核心，在行动上
始终紧跟核心，在政治立场、政治方向、政治原则、政治
道路上同以习近平同志为核心的党中央保持高度一致，同
心同德，不辱使命，保证党的基本理论、基本路线、基本
方略得到贯彻落实。

共产党员要注重提高政治上的洞察力、判断力，在事
关政治原则的重大问题上，脑子要特别清醒，眼睛要特别
明亮，立场要特别坚定，真正做到见微知著、明察秋毫。

共产党员要善于从政治高度观察处理问题，搞清政治
上的要求是什么，政治上的影响是什么，政治上的后果是
什么；在大是大非面前，不说模棱两可的话，不干似是而
非的事，不做见风使舵的人。

最后，要优化政治生态。习近平总书记在十八届六中

全会上强调，做好各方面工作，必须有一个良好的政治生态。政治生态污浊，从政环境就恶劣；政治生态清明，从政环境就优良。这就明确告诉我们，政治生态影响和决定执政环境，同时也决定社会生态、经济生态，甚至自然生态的好坏。各种生态存在的问题，都能从政治生态中找到症结。

营造山清水秀的政治生态，打造风清气正的从政环境，是各级党组织和所有共产党员的职责所系、使命所在。

优化政治生态要在四个"必须"上下功夫。

一是必须在匡正选人用人风气上下功夫。千秋大业在用人。一旦用人上出了问题，势必形成"劣币驱逐良币"的逆淘汰现象，给党的事业造成致命伤害。

选好人用好人，需要严把"标准关"和"程序关"，防止"带病提拔"。为此，就要坚持德才兼备，以德为先；就要坚持公道正派，任人唯贤；就要坚持群众公认，注重实绩；就要坚持"使用一个人，树立一面旗"；就要坚持"重用千里马，善待老黄牛"。

以上五个"坚持"是最基本的要求，同时，在选用过程中，还要因势利导、管用结合。即从严管理，小错即纠；加强教育，防微杜渐；强化监督，长管长严。

二是必须在严肃党内政治生活上下功夫。要坚决抵制商品交换原则对党内生活的侵蚀，增强党内政治生活的政治性、时代性、原则性、战斗性，坚决防止和反对个人主义、自由主义、本位主义、好人主义；坚决反对搞两面派、做两面人，即所谓的当面不说、背后乱说，会上不说、会后乱说；坚决反对政治生活庸俗化的倾向，即所谓的哥们义气、唯利是图，结党营私、拉帮结派。

要从政治的高度应事对人。看待和处理问题，要理直气壮讲党性、坚定不移护党章，建好小气候，影响大环境，连点成线、连线成面，建构成政治上的绿水青山。

三是必须在严明党的政治纪律上下功夫。俗话讲，"没有规矩，不成方圆"。政治纪律是最重要、最根本、最关键的纪律，党内规矩是党的各级组织和全体党员必须遵守的行为规范和规则。严明的纪律是保证政治生态免受各种不良风气侵扰的重要保障。

习近平总书记曾指出无视党的政治纪律和政治规矩的"七个有之"，值得引起我们的高度警觉。

"七个有之"，即一些人无视党的政治纪律和政治规矩，为了自己的所谓仕途，为了自己的所谓影响力，搞任人唯亲、排斥异己的有之，搞团团伙伙、拉帮结派的有之，搞匿名诬告、制造谣言的有之，搞收买人心、拉动选票的有之，搞封官许愿、弹冠相庆的有之，搞自行其是、阳奉阴违的有之，搞尾大不掉、妄议中央的也有之。

"七个有之"主要涉及的是政治品质和从政素质等问题，是对纪律的藐视、对规矩的违抗，是标标准准的政治变质。这种政治变质恰恰是经济犯罪的一个重要诱因，这种思想蜕变恰恰是人格堕落的罪恶温床。

回首党的十八大以来我们党正风肃纪的历程，从聚焦作风、纪律、腐败、选人用人四个方面问题，到紧扣政治、组织、廉洁、群众、工作和生活"六项纪律"；从围绕党的领导、党的建设查找问题，到严肃党内政治生活、维护政治生态，可以看到由具体到深层，由阶段到长远，由局部到全局，由治标到治本，依次向前推进的整体思路。从这个意义上领会"七个有之"，可以更加深刻地理解习近平总书记把"全面从严治党"作为战略布局的深谋远虑。

严明政治纪律和政治规矩，要始终紧跟以习近平同志为核心的党中央的令旗走，做到党中央倡导的坚决响应、党中央决定的坚决执行、党中央禁止的坚决不做；要始终维护党的团结，决不允许在党内培植私人势力，不得以人画线，不得搞任何形式的派别活动；要始终遵循组织程序，决不允许擅作主张、我行我素，决不允许超越权限办事，不能先斩后奏；要始终服从组织决定，决不允许搞非组织活动，不得跟组织讨价还价，不得违背甚至对抗组织决定；要始终管好亲属和身边工作人员，决不允许他们擅权干政、谋取私利。

四是必须在净化党内政治文化上下功夫。政治文化是政治生活的灵魂，对政治生态具有潜移默化的影响。净化党内政治文化，就要倡导和弘扬忠诚老实、公道正派、实事求是、清正廉洁等价值观，旗帜鲜明抵制和反对关系学、厚黑学、官场术、潜规则等庸俗腐朽的政治文化，坚决防止和反对宗派主义、圈子文化、码头文化，不断培厚良好政治生态的土壤。

政治文化建设水平的高低，在日常具体业务工作中反映最直接、最充分。因为政治与业务密不可分，政治是业务的灵魂，业务是政治的体现。搞业务，必须讲政治；强业务，必须强政治。政治上糊涂，业务上休想清楚。因此，政治文化的建设和净化，是有血有肉的，必须渗透实际工作的全过程。

政治文化的核心是懂得为谁执政，如何掌权。毛泽东"为人民服务"五个大字字字千钧，光耀千古，永远是共产党人神圣的价值追求和根本的行为准则。为民，彰显党性；为民，升华人格。宗旨意识，需渗透于灵魂深处；宗旨情怀，需贯穿于行为之中。共产党人无论在任何时候、任何情况下都要以党的信仰为最高追求，以人民利益为最高利益，不忘初心、牢记使命，始终把党的先进性和纯洁性体现在参与科学发展、促进社会进步的伟大事业中，落实在全心全意为人民服务的崇高实践中。要说政治文化，这才是当前先进的、纯粹的政治文化。

知廉耻——共产党员良心的分水岭

2019 年初，在十九届中央纪委三次全会上，习近平总书记强调，不敢腐、不能腐、不想腐是一个有机整体，要深化标本兼治，用好治标利器，夯实治本基础，一体推进不敢腐、不能腐、不想腐。在三者当中，不敢腐靠惩治，不能腐靠制度，不想腐靠党性。实现不想腐，共产党员就得知廉耻、善养心。党员知廉耻，必须讲党性，凭良心。小节讲操守，大节重原则。党性，体现在党员的政治自觉、学习自觉、作风自觉和纪律自觉上；良心，体现在党员的家庭美德、社会美德、职业道德和人格操守上。党性和良心最本质的内涵就是为政清廉、克己奉公。良心与党性互为表里、相得益彰。推进全面从严治党、深化反腐败斗争、加强先进性和纯洁性建设的初衷，就是要让每一个共产党员都能成为讲党性、有良心的人。

"礼义廉耻，国之四维；四维不张，国乃灭亡。"先人们的认识至今仍未过时。古人说"修身齐家治国平天下"，一个人有廉耻之心，才能安身立命；一个国家有廉耻之心，才能政通人和。

知廉耻，修大德。德存于心、廉见于行，彰显的是比金子还宝贵的人格尊严和生命价值。

知廉耻，成大器。一个党员底气足不足，关键在廉洁；一个党员腰杆硬不硬，主要在清正。

知廉耻，生能量。一个党员有了正确的荣辱观，才能弘扬正气，让身边的同志都能感觉到你就像一颗小太阳，时刻给人温暖，永远给人们输送正能量。

请同志们记住这个历史性的日子——2012 年 12 月 4 日，这一天，中央政治局审议通过了关于改进工作作风、密切联系群众的八项规定。

中央八项规定实施以来，截至 2018 年底，各级纪检监察机关共查处违反中央八项规定精神问题 20 多万起，超过 30 万名党员干部受到处理，约 18 万人受到党纪政纪处分。

七年多来，八项规定不仅成为家喻户晓的闪光词汇和作风建设的金字招牌，更成为全面从严治党的亮丽名片。

奢靡之始，危亡之渐。曾几何时，人民群众说几百个红头文件管不住一张嘴。吃喝成风，玩乐成性，寡廉鲜耻，良心泯灭，搞得人不人，鬼不鬼。如果任其蔓延，这种量变日积月累势必发生质变，后果不堪设想。

"舌尖上的浪费""月饼里的奢华""会所里的歪风""车轮上的腐败"……随着八项规定的深入实施，种种被群众诟病的作风积弊逐渐消失。

身心解放了，精神安宁了，人们感到久违的轻松和愉悦。

七年多来，党风政风为之一新，社风民风向上向善，八项规定以"小切口"打开"大变局"，回应了群众期盼，兑现了庄严承诺，赢得了党心民心，厚植了党的执政基础。可以说，八项规定改变中国，正风反腐影响世界，在全面从严治党的历史进程中矗立起一座丰碑。

保持党的先进性和纯洁性，要求我们必须用铁的手腕正风肃纪、反腐治贪，而决不允许有丝毫的麻痹和松懈。

党的十八大以来，我们党重拳反腐、铁腕治贪，坚定不移"打虎""拍蝇""猎狐"，反腐败斗争成效卓著，党风政风明显好转，人民群众拍手称快。特别是果断查处周永康、薄熙来、郭伯雄、徐才厚、令计划、孙政才等高级干部违纪违法问题，铲除政治腐败和经济腐败相互交织的利益集团，表明了无论什么人，不论职务有多高、权力有多大，只要触犯党纪国法，都要一查到底、决不姑息，体现了党中央坚如磐石的政治意志，凝聚起兴党兴国的强大力量。但我们也要清醒地认识到，反腐败斗争不可能一蹴而就、毕其功于一役，必须猛药去疴、常抓不懈，持之以恒、永不止步。

习近平总书记在十九大报告中强调，当前，反腐败斗争形势依然严峻复杂，巩固压倒性态势、夺取压倒性胜利的决心必须坚如磐石。做出这样的政治判断，下定这样的政治决心，是因为，"老虎"打了，不等于"余毒"已经肃清了。在一些地方和部门，还有残渣余孽、漏网之鱼，这些人决不会"金盆洗手、立地成佛"；露出蛛丝马迹的被抓起来了，不等于那些"藏"得很深、"装"得很像的被全部"起底"了；"四风"问题"树"倒了，不等于"根"已经拔了；上面的问题纠正了，不等于"下面"的问题解决了。"蝇贪""微腐败"侵害群众利益的问题层出不穷，还有黑恶势力背后的"保护伞"等，无不令人民群众深恶痛绝。

应当看到，形成压倒性态势只是全面从严治党的一个良好开端，全面从严治党远未到大功告成，可以鸣金收兵的时候。我们必须按照习近平总书记"全面从严治党必须持之以恒、毫不动摇"的要求，坚持问题导向，保持战略定力，以"越是艰难越向前"的英雄气概和"狭路相逢勇者胜"的斗争精神，坚定不移抓下去。

习近平总书记曾经反复强调，"民心是最大的政治，正义是最强的力量"，"不得罪成百上千的腐败分子，就要得罪13亿人民"。铮铮话语，充分体现出一位马克思主义政党领袖非凡的政治勇气和无私的精神境界。全面从严治党的战略目标和价值诉求，从中可以一目了然。从根本上讲，全面从严治党是党心民心所向的正义事业，也是体现民心向背的政治命脉。换言之，打掉一些"虎患"、消除一些"蝇贪"，只是过程和手段，而非终极目的。终极目的就是要使全党同志特别是领导干部讲党性、有修养、知廉耻、有良心，追求积极向上的生活情趣，真心实意地为人民服务，养成共产党人的高风亮节，凝聚精神，汇集力量，为实现中华民族的伟大复兴而奋斗。

清廉的文化品格，为民的执政理念，要求所有共产党员都必须克制贪欲、克己奉公，这既是一种道德操守，更是一种人生智慧。"物必先腐，而后虫生。"面对无处不在的物质诱惑、花样翻新的精神袭扰，如何知廉耻、强定力，拒腐防变、一尘不染，是广大党员特别是领导干部的必修课。

知廉耻，强定力，必须消除攀比心理。攀比心理是腐化的"发酵剂"。有的党员热衷于和别人比职位、比待遇、比房子、比阔气、比排场、比享受。看到土豪一掷千金,眼红心热,"眩于五色之惑",在心理失衡之余,一门心思要圆升官发财梦,结果是聪明反被聪明误,毁了前程、丢了安详。

案例:江苏省涟水县交通局党委原副书记王文成曾愤愤不平:"我付出比老板多,凭什么他们是富豪我是穷官?"心态失衡导致防线失守,他先后收受贿赂共计人民币60.2万元、购物卡1万元,被判处有期徒刑11年。

知廉耻,强定力,必须消除侥幸心理。侥幸心理是腐化的"麻醉剂"。一些党员"伸手"时,大都存在侥幸心理——有的只收"可靠之人"的钱,自认为"他嘴很严""十分安全",却忘了"若想人不知,除非己莫为";有的愚蠢地认为"反腐败是隔墙扔砖头,砸住的可能性不大",有禁不止、顶风违纪,"不见棺材不掉泪";有的自欺欺人,一面俭朴示人、标榜廉洁,一面窃喜于"闷声发大财",暗中享受"低调的奢华"……正是在"天知地知,你知我知"的侥幸心理中,许多腐败分子走向了自己挖下的犯罪深坑。

案例:河南省社旗县城郊乡双庄村党支部原副书记申进在忏悔录中坦言:"平时,我从电视、报纸上看到不少官员因贪腐而落马的案例,令人触目惊心。但我却认为,他们位高权重,贪腐数额大,容易引起司法部门关注,我这个比芝麻还小的村干部,偶尔遇上征地补偿款发放的机会，'雁过拔毛'捞点儿，引不起注意，不会查到自己。"自认为级别低，不易被发现，就放纵自己、走上贪腐的道路，申进的无知和侥幸心理着实令人吃惊。

知廉耻，强定力，必须消除补偿心理。补偿心理是腐化的"添加剂"。有的党员认为自己为了工作"白加黑""五加二"，劳苦功高，在物质上找补一下无可厚非；有的觉得一遇到急难险重的活儿，组织上"点将"总忘不了他，但在提拔时却"排不上号"，于是满腹委屈，自暴自弃，开始信奉"人不为己，天诛地灭"，用"收一点""捞一把"弥补组织对自己的"亏欠"……补偿心理成了贪腐行为的遮羞布和"心灵鸡汤"。

案例：广东省广晟资产经营有限公司原总经理、党委副书记钟金松，27岁参加对越自卫反击战，其"落马"时已是有43年党龄的老党员。"自己贡献大，捞点算个啥？"正是这种所谓的补偿心理，让钟金松没有倒在枪林弹雨中，却倒在了糖衣炮弹前。

知廉耻，强定力，必须消除欺瞒心理。欺瞒心理是腐化的"迷魂剂"。小洞不补，大洞受苦。违纪违法问题的发生，往往都是从小问题逐渐发展起来的。比如，收受礼品、优亲厚友、滥发奖金、公款旅游等，这些行为看似不起眼，其实反映的却是作风上的大问题，甚至成为诱发腐败的导火索。又比如，有的党员把档案造假、个人有关事项报告不实等问题当成"小错误"，认识不到这实质上是欺瞒组织、严重违反政治纪律和组织纪律的行为。在日常管理监督中，要对这些"小事小节"及时提醒、警示，避免问题小变中、中变大、一变多，个人问题变成全家问题，违纪问题最后演变成违法犯罪问题。

案例：2013年7月，海南省海口市美兰区机关事务管理局党支部书记、局长邓君民，党支部宣传委员、副局长翟宝柱，组织委员、区机关后勤服务中心副主任唐长林，违规组织机关党员、非党员干部职工及个别家属共24人到保亭县、五指山市开展漂流、泡温泉等休闲旅游活动，共花费26391元，分别在当年8月和9月进行报销。他们自以为做得神不知鬼不觉，尤其是过了快4年都没事，完全可以放心了。然而，2017年3月美兰区委巡察组进驻，揪出了该局组织公款旅游的违纪线索。2017年12月，三人分别受到党内严重警告、行政记过和党内警告处分。

知廉耻，是党员党性之真与良心之善最直观的体现。孟子曰："养心莫善于寡欲。"有人认为吃一点、拿一点、捞一点、玩一点，没什么大不了。其实这是大恶的开始。英格兰有一首著名的民谣说：少了一枚铁钉，掉了一只马掌；瘸了一匹战马；瘸了一匹战马，损失一员大将；损失一员大将，败了一次战役，丢了一个国家。

事实上，一些党员违纪违法都是从"丢失一枚铁钉"开始的。也就是说，祸患积于忽微。俗话说："千里之堤，溃于蚁穴。"小节不管，慢慢嘴更馋了，手更长了，心更贪了，胆更大了，就容易小错累积而酿成大错。党员要多一些兢兢业业的工作，少一些斤斤计较的苛求；多一些任劳任怨的奉献，少一些蝇头小利的索取。要把权力、金钱、名利看得轻一些、淡一些，不能为了一事一利断送前程。守住了党纪国法的准绳，就守住了做事的快乐，守住了做人的幸福。

《增广贤文》有云："君子爱财，取之有道。"这个"道"就是拥廉耻之心，行清正之为。党员干部要以《中国共产党章程》为行为准则，奉公为德，谋私为耻；清廉为荣，利己为羞，像毛泽东同志要求的那样，做"一个高尚的人，一个纯粹的人，一个有道德的人，一个脱离了低级趣味的人，一个有益于人民的人"。

习近平总书记指出，全党同志特别是领导干部一定要讲修养、讲道德、讲廉耻，追求积极向上的生活情趣，养成共产党人的高风亮节。做人凭良心，从政知廉耻，党员干部才能站稳事业脚跟，走向人生坦途。

存敬畏——党员干部操守的度量衡

所谓"敬畏"或"敬畏感"，是主体对对象既敬重又畏惧的复合情感。敬畏敬畏，因敬而畏。敬畏之畏，并非恐惧之感，而是因敬成畏，因威成畏。

德国哲学家康德指出，人类最值得景仰和敬畏的两样东西，一个是"头上灿烂的星空"，另一个就是"心中的道德律"。对自然的崇拜，对道德的敬畏，人同此心，心同此理。

法国哲学家卢梭亦有句名言，说："人生而自由，但却无往不在枷锁之中。""枷锁"是什么？"枷锁"就是天命，就是不可违抗的天道，就是自然万物运行的规律。转换到人类社会，就是法律和道德律。

中国有句古话："举头三尺有神明，不畏人知畏己知。"讲的是人要有敬畏之心。在中国古代，敬畏文化也是保证官员们廉洁的重要手段。

有了敬畏之心，知道自己该做什么，故积极进取，哪怕"知其不可为"也努力为之。即《周易》所言："天行健，君子以自强不息。"

有了敬畏之心，知道自己不该做什么，就不会为所欲为，恣意妄行。即《周易》所言："地势坤，君子以厚德载物。"

习近平总书记多次强调，"领导干部要心存敬畏"，始终做到"心中有党、心中有民、心中有责、心中有戒"，值得我们警醒。共产党员只有坚守法纪红线、道德底线，心存"戒惧"，手握"戒尺"，信守"戒条"，才能时刻强化自我约束，筑牢拒腐堤坝，永远立于不败之地。

人在做，天在看。现代社会信息传递如天罗地网般无以复加，只要参与社会交往，就会留下行为痕迹。凡是不守规矩超越底线，做了有愧于党和人民的坏事，并且还想欲盖弥彰、瞒天过海者，到头来必然会碰得头破血流。

慎初、慎微、慎独，"三慎"提醒对党员干部绝不多余。古语云："风起于青蘋之末，浪成于微澜之间。"心有戒慎，方能行有尺度。诸葛亮《诫子书》云："夫君子之行，静以修身，俭以养德。非淡泊无以明志，非宁静无以致远。"其所倡导的家国情怀、责任担当、敬畏意识等，时至今日，仍然在影响着我们，焕发着耀眼的道德光芒。

"凡善怕者，必身有所正、言有所规、行有所止。"党员干部要在立言立德立行中展示操守，恪守廉洁。在原则问题上不变通、不圆滑，守得住、有风骨；在履行职责上不投机、不钻营，敢担当、有硬气；在价值追求上不追名、不逐利，稳心性、有尊严。

习近平总书记指出，领导干部要讲政德，立政德，就要明大德、守公德、严私德。这对所有共产党员都是一种明示。作为一名党员，你可以有想法，但这种想法绝不能与党的意志、人民的意愿、法纪红线和道德底线相抵触。而存敬畏，恰恰是立政德的应有之义。

存敬畏，必须做到以下三点：

一要敬畏人民。敬畏人民，是一种政治要求，也是一种纪律要求。毛泽东讲："人民，只有人民，才是创造世界历史的动力。"习近平在《在纪念马克思诞辰200周年大会上的讲话》中指出："马克思主义博大精深，归根到底就是一句话，为人类求解放……学习马克思，就要学习和实践马克思主义关于坚守人民立场的思想。人民性是马克思主义最鲜明的品格……始终同人民在一起，为人民利益而奋斗，是马克思主义政党同其他政党的根本区别。"人们常说，为人处世要凭天地良心。意即人活在世上，要知道天高地厚。不知天高地厚，必将遭到报应。

共产党员的先进性和纯洁性如何，最根本的是看他对待普通群众的态度。判定一个党员党性强不强、境界高不高，从他对待人民群众的态度上可以找出真实的答案。焦裕禄为什么持续地被人民缅怀，一个最根本的原因就是他鲜明的人民立场。焦裕禄始终和群众心连心，所以，他的名字才能深深刻在人民心底。敬畏人民，服务人民，焦裕禄为我们树立了光辉的榜样。学习焦裕禄，就要"学习弘扬焦裕禄同志对群众的那股亲劲、抓工作的那股韧劲、干事业的那股拼劲"，以此砥砺党员干部不忘初心、牢记使命。生活中，这难那难，百姓最难；这苦那苦，百姓最苦。让百姓能够少作些难、少受些苦，是共产党人的初心和使命。背离了这一点，必将失去操守、遭到惩罚。

案例1：河南省洛宁县罗岭乡贾沟村党支部原书记贺江涛在2012年至2014年间，利用职权套取扶贫到户增收项目补助资金29.2万元。2017年4月，贺江涛受到开除党籍处分。

案例2：河南省鹤壁市淇滨区大河涧乡民政所原所长王运州在2012年至2017年间，利用职务便利套取伤残军人抚恤金、低保金、困难残疾人安全过冬资金共计4.96万元。2017 年 7 月，王运州违纪所得被予以收缴，其涉嫌违法问题移送司法机关依法处理。

案例 3：江西省黎川县烤烟办主任周永华在 2013 年至 2016 年间，顶风违纪连续四年收受中田村赠送的土鸡、土鸭等土特产品，折合人民币共计 1500 元。2017 年 11 月，周永华受到党内警告处分，并被收缴违纪所得。

"微腐败"，大危害。扶贫领域的腐败问题涉及的往往都是扶贫资金，而扶贫资金则是贫困群众的"救命钱"，一分一厘都不能乱花，更不容动手脚、玩猫腻。虽然金额不大，但性质非常恶劣。因为这些"蝇贪"直接损害群众切身利益，啃食群众获得感，挥霍群众对党的信任，严重侵蚀和削弱党的执政基础，对此，必须以"零容忍"态度严重处理。

二要敬畏法纪。一个法律，一个纪律，"二律"在党员心目中应当具有神圣的权威。那些无法无天、无恶不作的人，其下场一定与他的做派成正比。唯有敬畏法纪，才能抵御包括名利财色在内的各种诱惑，心不动、手不伸，清清白白为官，堂堂正正做人。

案例 1：原国务委员、国务院原秘书长杨晶，严重违反政治纪律、政治规矩、廉洁纪律，长期与不法企业主、不法社会人员不当交往，利用其职务影响为对方实施违法行为、谋取巨额私利提供便利条件，其亲属收受对方财物，造成恶劣社会影响。2018 年 2 月，因严重违纪受到留党察看一年、行政撤职的处分，并被降为正部长级。

苍蝇专叮有缝的蛋。党员纪律意识淡薄，随时都有被不法商人"围猎"的可能。

此案表明，在我们党内，无论哪一级的干部都没有铁交椅，纪律面前人人平等，遵守纪律没有特权。同时，也充分彰显了以习近平同志为核心的党中央全面从严治党一以贯之、坚定不移的决心和意志。

案例2：河南省人大常委会原副主任秦玉海，在2001年至2013年间，利用其任中共焦作市委书记、河南省人民政府副省长兼省公安厅厅长、省人大常委会副主任等职务的便利，为38家单位或个人在企业收购、职务晋升、车辆年审等方面提供帮助，收受财物共计折合人民币2086.1702万元。2016年11月，山东省淄博市中级人民法院以受贿罪判处其有期徒刑13年6个月，并处罚金人民币200万元，对秦玉海受贿所得财物及其孳息予以追缴，上缴国库。

秦玉海案的一个突出特点是，打着"工作需要"的幌子，干着违纪违法的勾当。"我拍片是为云台山服务、发展云台山"，他在这种宣传推广旅游事业"责任之举"的旗号下，把云台山当作自己的"私人领地"，心安理得地大肆侵占公共财产，收受老板商人的贿赂。在所谓"工作需要"的背后，暗藏的是纪律底线的节节败退，是"雅好"变"雅腐"的权钱交易。

对于党员来讲，干好工作与遵守纪律并不矛盾，心存敬畏与严守法纪是干事创业的前提和保障。党员尤其是领导干部应当端正观念，如果思想认识偏离一寸，行为方式上就会偏离一丈。党员干部遵守党纪国法是无条件的，不能"工作要上，法纪要让"，更不能把认真工作与遵守法纪对立起来，必须不折不扣地遵守党的制度纪律和国家的法律法规。

长期以来，在一些党员的思想观念中，党的纪律是"软弹簧"，是"橡皮筋"，他们可以找出各种各样的理由为自己的违规违纪行为进行辩解：接待超了标准，是为了体现热情，尽到"地主之谊"，替单位形象着想；公款出游，是为了鼓舞士气，调动大伙的积极性，活跃机关文化生活；用公款送礼，是为了联络感情，方便以后开展工作；等等。这些冠冕堂皇的借口，都是把"工作需要"作为挡箭牌，为自己的违纪行为和中饱私囊开脱，到头来掩耳盗铃终将害人害己。

法纪无情，你不把法纪当回事，法纪一定会把你当回事！

党员干部要永远记住这句话：手莫伸，伸手必被捉。

我们不禁要问：一个人生活在逃避、欺骗、猜忌、惧怕、后悔之中，会是怎样的体验？想必是痛苦不堪的。

有样东西一辈子都不能碰，那就是毒品。毒品只能给人造成万箭穿心的剧痛和求死不能的绝望。有种事情一生中都不能沾，那就是贪腐。贪腐只能给人带来以泪洗面的悔恨和失去自由的痛苦。

敬畏法纪，行有所止，才能守住底线。

三要敬畏权力。马克思讲："不可收买是最崇高的政治美德。"党员应当弄清楚一个最基本的道理：权力的属性和价值。权力属于人民，权力是人民赋予的，因此，只能用来为人民服务，而不是为个人谋取私利。权力意味着责任。职务越高，权力越大，责任也就越大。权力是把"双刃剑"，弄不好会割伤自己。权力不能任性、不能乱用，所以说，"权力导致腐败，绝对的权力绝对地导致腐败"，英国史学家阿克顿的论断极为犀利。

"取本分之财，戒无名之酒。"心中有戒，则行为有度，操守有节。被康熙誉为"天下清官第一"的张伯行，一生践行自己写下的官箴："一丝一粒，我之名节；一厘一毫，民之脂膏。宽一分，民受赐不止一分；取一文，我为人不值一文。"其终生恪尽职守、清廉勤勉，与心中有戒、心存敬畏息息相关。

案例 1：云南省委原副书记仇和曾被外界视为"能人"，但由于他在权力面前迷失了自己，最后却堕落为人民的罪人。在陈述腐化堕落的轨迹时他说："从小到大，从一般的到贵重的，从接受礼品到接受贵重物品，由犯错误到走向犯罪，滑向犯罪的深渊，潜移默化地就变化了，这是我个人咎由自取。"

案例 2：广西南宁高新区公务接待办原主任丘朝阳，

在 2007 年 10 月至 2015 年 10 月，利用管理单位公务接待工作及接待费用结算、报账的职务便利，在没有发生真实公务接待的情形下，虚开发票非法套取公款共计 3680 余万元。丘朝阳最终被开除党籍、开除公职，同时被判处有期徒刑 15 年，并处罚金 500 万元。

没有赤裸裸的权钱交易，也无环环相扣的利益链条，一个女人仅凭一己之力，就在短短 8 年间贪污公款3680 余万元，在令人震惊之余，不免要追问问题究竟出在哪里。自然，其中有制度漏洞，领导口头指示代替具体规定；有机制缺失，财务审计形同虚设，任由当事人鱼目混珠；但恐怕更重要的还是当事人私欲膨胀导致权力失控，直至一发而不可收。欲望扭曲权力，邪念奴役权力，导致权力完全走形变样。

案例 3：河南省周口市委原常委、原政法委书记朱家臣在 2007 年至 2013 年间，利用职务之便，贪污受贿共计690 余万元。其中报销发票是其向他人索贿的主要形式。朱家臣肆无忌惮地虚开发票、购买假发票，并"派发"给基层单位和个人，将报销所得公款据为己有，用于个人消费，累积金额超过 400 万元。2015 年 4 月，平顶山市中级人民法院以受贿罪、贪污罪数罪并罚判处朱家臣有期徒刑 18年。

朱家臣身份特殊、知法犯法，滥用公权、胆大妄为，终以"发票"给自己报出来一个枷锁。在党纪国法面前，一张张发票变成了他为刑期埋单的"支票"。

应该看到，朱家臣这种毫无顾忌地通过报销发票索贿的行为，不管在领导干部职务犯罪里面，还是在现实生活中，都远非个案。朱的下场也为那些假公济私的党员干部敲响了警钟：公款姓公，一分一厘都不能乱花；公权为民，一丝一毫都不能私用。如若不然，必将遭到法纪的严惩。

存敬畏，心神稳；失敬畏，心思乱。

高压反腐，震慑常在；法网恢恢，疏而不漏。

有了敬畏之心，清廉守正，坦坦荡荡，就不怕纪律审查，不畏任职审计，不惧巡视巡察。

少了敬畏之心，贪腐"亏心"者就会常常胆战心惊、草木皆兵，为了掩盖错误、寻求慰藉，违纪违法者则挖空心思、想尽招数。其中，有"伪装者"，台上大讲廉政，平时生活俭朴，用假象掩盖"真相"；有"伪造者"，违规造假档案，搞假申报，妄图蒙混过关；有迷信者，拜"大仙"为师，请"大师"算命，寄希望于避祸免灾；有"求护者"，四处"拜码头""拉后台"，织"关系网"。凡此种种，机关算尽太聪明，反误了卿卿性命，最后付出的代价往往铭心刻骨。

有位领导干部这样讲："警示教育片里的人曾经也是看警示教育片的人。看片子时就要想，如何使自己不成为片子里的人。"

心存敬畏，长存戒律，才能给心"安家"。

党的十八大以来，新出台和新修订的《中国共产党廉洁自律准则》《中国共产党纪律处分条例》《关于新形势下党内政治生活的若干准则》《中国共产党党内监督条例》《中国共产党纪律检查机关监督执纪工作规则（试行）》《中华人民共和国监察法》《中国共产党章程》等，为我们严肃党内政治生活、严明政治纪律、强化纪律监督和法律监督提供了制度遵循。这些章程、准则、条例、规则和法律，无不涉及一个共同的问题，那就是自律和他律的问题。在实际工作和平时生活中，每一个党员都面临着严于律己与外部监督的问题。在我们的生命旅程中，都蕴含着自律和他律的辩证法。

自律与他律，自康德第一次提出后，因其科学的辩证逻辑被广泛应用到管理治理领域。

习近平总书记提出，只有思想教育手段和法制手段并用才能相得益彰。这是因为，法纪是他律，道德是自律，自律和他律相互结合才能达到最佳效果。从某种意义上讲，自律比他律更重要。因为自律凭借的是道德心性，而他律依赖的却是纪法戒尺，也即法治理性。一个心灵蒙尘的人通常很难约束自己的行为，从破纪走向违法一般也就很难避免。

古人讲，"吾日三省吾身""君子不欺暗室""君子慎独"等，说的都是一个道理，即常常反思反省自己，而不自欺欺人，才能心有所畏、行有所止。结合今天的话语，"法纪"

之律，靠外在之力，解决的是"不敢腐""不能腐"的问题；"心律"之律，也即自律，靠内在之力，解决的是"不想腐""不愿腐"的问题，自律之"心律"才是我们所要追求的根本之律、要害之律。

党员所要做的，就是筑牢信仰之基、补足精神之钙、把稳思想之舵，把共产党人的精神支柱和政治灵魂立起来，建好立党为公的精神家园，才能获取不竭的力量源泉。

我们期待着"制度好，人不能为恶；惩戒严，人不敢为恶"健康局面的到来；我们更期待着"政风清，不忍为恶；党风纯，不想为恶"良好氛围的形成。

谈榜样

　　谈起榜样，我们的脑海里就会浮现出《为人民服务》《纪念白求恩》《愚公移山》这些光辉的篇章；谈起榜样，我们的耳旁就会响起"生的伟大，死的光荣""向雷锋同志学习""县委书记的好榜样——焦裕禄"这些神圣的召唤。榜样，仿佛历史进程中一座座崇高的丰碑，好像时代发展中一个个辉煌的坐标，激励着我们不畏艰难，奋勇前行。想起榜样，我们的眼里常常饱含泪水，因为他们的模范事迹具有不可抗拒的情感能量；想起榜样，我们的心中往往波涛汹涌，因为他们的高尚行为拥有无法阻挡的精神魅力。

　　榜样的力量是无穷的。"伟大时代呼唤伟大精神，崇高事业需要榜样引领。"习近平总书记指出："同志们现在从事的是一项崇高的事业，在这里工作，升官发财请走别路，贪生怕死莫入此门。榜样是谁呢？张思德、白求恩、焦裕禄、麦贤得，有历史的楷模，也有时代的楷模。这些人都是在普通的岗位上，但他们有一颗金子般发光的心，我希望同志们的参照系就是这些楷模。"

榜样，浓缩着时代精华，展示着道德价值，体现着为民情怀。向榜样学习，学什么，怎么学，对党员干部而言，既是一个安身问题，又是一个立命课题。

学榜样，要勇于与时俱进

在参观《复兴之路》展览时的讲话中，习近平总书记曾以"雄关漫道真如铁""人间正道是沧桑""长风破浪会有时"三句诗比喻中华民族的昨天、今天和明天。诗意间洋溢着革命浪漫主义的精神，寄寓着追求中华民族伟大复兴的梦想。因为"历史告诉我们，每个人的前途命运都与国家和民族的前途命运紧密相连。国家好，民族好，大家才会好"。我们今天的成就是共产党人承前启后、继往开来接续奋斗而来的。试问，在这当中，哪一位英雄模范人物不是事业的排头兵，不是时代的弄潮儿？学榜样，就要向他们那样，挺立时代潮头，勇于与时俱进。

"逝者如斯夫，不舍昼夜。"时间飞驰，沧桑巨变，处在今天这个大改革、大调整、大转折、大飞跃的伟大时代，每一个党员干部都应该以义无反顾的姿态，以舍我其谁的气度冲锋陷阵、挥洒激情，在学习榜样中成为楷模，在攻坚克难中实现价值。

廖俊波——福建省南平市委原常委、原副市长，政和县原县委书记。廖俊波虽然年仅 49 岁就离开了我们，但他立定"认准的事，背着石头上山也要干"的誓言，始终与时间赛跑，与时代同步的精神却被人民群众久久地铭记、永远地缅怀。在政和县任职 4 年间，他的工作用车跑了 36 万多公里，平均每天超过 240 公里。4 年后，政和县从"省末位"跨入增长速度"省十佳"，城市建成区扩容一倍，3 万多贫困人口摘掉帽子。

2017 年 3 月 31 日，习近平总书记对廖俊波同志先进事迹做出重要指示：廖俊波同志任职期间，牢记党的嘱托，尽心尽责，带领当地干部群众扑下身子、苦干实干，以实际行动体现了对党忠诚、心系群众、忘我工作、无私奉献的优秀品质，无愧于"全国优秀县委书记"的称号。广大党员、干部要向廖俊波同志学习，不忘初心、扎实工作、廉洁奉公，身体力行把党的方针政策落实到基层和群众中去，真心实意为人民造福。

廖俊波在日记里留下了一段充满诗意的独白，他写道："人生就像一列火车，不要只盯着车里的那些人和事，要多往窗外看。往远方看，就能看到更大的风景。"是啊，在与时代竞跑的先锋战士那里，江山如此多娇，怎能不让其情所系之？梦想那么美妙，怎能不让其心向往之？

黄大年——著名地球物理学家、国家"千人计划"专家、吉林大学地球探测科学与技术学院教授。他一生以报效祖国、科技强国为己任，当他那颗强大的心脏于 2017 年

1月8日13时38分停止跳动的时候，他才刚刚58岁。作为当今中国不可多得的战略科学家，他以过硬的本领、高超的智慧和非凡的勇气带领他的科研团队为"叩开地球之门"致力攻关，成功研制了"航空重力梯度仪"探测系统，这个系统就像一个"透视眼"，可以给地球做CT，能洞穿地下每一个角落，成为"颠覆性"技术推动行业突破的典范。这一探测技术装备项目用5年时间，走完了西方发达国家20多年的路程。

2017年5月，习近平总书记对黄大年同志先进事迹做出重要批示：黄大年同志秉持科技报国理想，把为祖国富强、民族振兴、人民幸福贡献力量作为毕生追求，为我国教育科研事业做出了突出贡献，他的先进事迹感人肺腑。我们要以黄大年同志为榜样，学习他心有大我、至诚报国的爱国情怀，学习他教书育人、敢为人先的敬业精神，学习他淡泊名利、甘于奉献的高尚情操，把爱国之情、报国之志融入祖国改革发展的伟大事业之中，融入人民创造历史的伟大奋斗之中，从自己做起，从本职岗位做起，为实现"两个一百年"奋斗目标、实现中华民族伟大复兴的中国梦贡献智慧和力量。

黄大年，这位因他的回国，让某国航母演习整个舰队后退100海里的志士惜时不惜命，回国7年，像陀螺一样不知疲倦地旋转，在前沿科学研究领域驰骋，让中国进入"深地时代"。黄大年说："人的生命相对历史的长河不过是短暂的一现，随波逐流只能是枉自一生，若能做一朵小小的浪花奔腾，呼啸加入献身者的滚滚洪流推动人类历史向前发展，我觉得这才是一生中最值得骄傲和自豪的事情。"黄大年是这样说的，更是这样做的。他把最宝贵的生命献给了祖国，祖国和人民也将永远铭记他的历史功绩。

学榜样，要敢于自我开刀

英雄模范人物都有一个鲜明个性，那就是敢于刀刃向内，严于自我约束。所谓自我开刀，就是习近平总书记强调的"自我净化、自我完善、自我革新、自我提高"的"四自"要求。

敢于自我开刀，必须"吾日三省吾身"，严于自我解剖，勤于自我反省，慎独慎微、克勤克俭，不搞特权、不谋私利。

敢于自我开刀，必须正人先正己，"先天下之忧而忧，后天下之乐而乐"，吃苦在前、享乐在后，以身作则、率先垂范。

敢于自我开刀，必须改进工作作风，虚心向群众学习，真心对群众负责，热心为群众服务，诚心接受群众监督。

敢于自我开刀，必须严格遵守党的政治纪律和政治规矩，牢固树立政治意识、大局意识、核心意识、看齐意识，切实做到有令则行、有禁则止。

自我开刀，是一种胆识，是一种魄力，更是一种境界。对此，榜样们以自己的模范行为给我们做出了最好的诠释。

李保国——河北农业大学教授、博士生导师。2016 年 4 月 10 日，李保国因劳累过度突发心脏病，经抢救无效不幸去世，用他 58 载闪光人生回答了"我是谁、为了谁、依靠谁"这一命题。噩耗传来，许多山区百姓自发在村里设置灵堂为他守灵。网络上，上百万人祭奠他，29 万网友在手机微信中为他点亮烛光。他的骨灰，被太行山区不同地方的老乡带走，撒在他生前为之奋斗、牵挂的土地上。他把农民群众当兄弟，农民兄弟自然把他当亲人。30 多年来，李保国每年在太行山区"务农"200 多天，创新推广 36 项农业实用技术，帮助山区农民实现增收 28.5 亿元，带领 10 多万群众脱贫致富奔小康，成为一个不折不扣的"农民教授"。有同行说："李教授的项目，个个土得掉渣，可正是这些项目解决了农民脱贫的老大难问题。"

2016 年 6 月，习近平总书记对李保国同志先进事迹做出重要指示：李保国同志 35 年如一日，坚持全心全意为人民服务的宗旨，长期奋战在扶贫攻坚和科技创新第一线，把毕生精力投入到山区生态建设和科技富民事业之中，用自己的模范行动彰显了共产党员的优秀品格，事迹感人至深。李保国同志堪称新时期共产党人的楷模，知识分子的优秀代表，太行山上的新愚公。广大党员、干部和教育、科技工作者要学习李保国同志心系群众、扎实苦干、奋发作为、无私奉献的高尚精神，自觉为人民服务、为人民造福，努力做出无愧于时代的业绩。

李保国生前曾不止一次说过："这辈子最过瘾的是干了两件事，一个是把我变成农民，一个是把越来越多的农民变成'我'。"这充满哲理思维、饱含情感温度的话语，充分彰显了一位抛却个人名利、勇于自我牺牲的共产党人的高尚情操。浓浓的"三农"情结，使李保国在自我革新中实现着身份的颠覆和人生的价值，并且以生命做代价，最终完成了让技术长在泥土里的夙愿。他的精神，由此化作太行之魂，永恒地与人民相依相伴。

张富清——湖北恩施来凤县建设银行离休干部。他是一位现年95岁的老人，有71载党龄，却63年深藏功名。因为在他看来，"和牺牲的战友相比，我有什么资格张扬呢"？2018年底，县退役军人事务局在遵照上级要求开展信息采集中，才发现了这位战功赫赫的老英雄。打开一个一直被老人保存63年之久、不为旁人所知的红布包裹，秘密才由此公开。包裹里是3枚奖章、1份西北野战军报功书、1本立功证书。立功证书上，一行钢笔字写着："张富清在解放战争中舍生忘死，荣获西北野战军军一等功一次，师一等功、二等功各一次，团一等功一次，两次荣获'战斗英雄'称号。"这样一位了不起的英雄，家人不知，同事不晓，来凤县志没有记载，一切都被"历史"封存。张富清隐功埋名，放下过往、砥砺前行，只是为了以自己对党忠诚、为民牺牲的实际行动继承先烈遗志，告慰先烈英魂。张富清对自己和家人要求严之又严，几乎到了苛刻的地步。20 世纪 60 年代，国家开展精简退职工作，他率先动员妻子辞去公职，减轻国家负担；大儿子张建国遇到一个报考机会，他得到消息，却动员儿子下乡到林场当了知青；自己眼睛做白内障手术，医药费可全额报销，医生给他推荐了 7000 多元到上万元的产品，他只选了最便宜的 3000 多元的晶体；他的家里，拖把是用旧衣服剪碎后自制的，餐桌是用一条凳子加木板拼成的，就连书桌上两本被翻掉封面的《新华字典》也被他用透明胶补了一道又一道。这位功勋卓著，被授予"人民功臣"奖章的大英雄就是这样，在代替战友续写着英模的故事。

2019 年 5 月，习近平总书记对张富清同志先进事迹做出重要指示：老英雄张富清 60 多年深藏功名，一辈子坚守初心、不改本色，事迹感人。在部队，他保家卫国；到地方，他为民造福。他用自己的朴实纯粹、淡泊名利书写了精彩人生，是广大部队官兵和退役军人学习的榜样。要积极弘扬奉献精神，凝聚起万众一心奋斗新时代的强大力量。

张富清的初心是什么呢？是坚守信仰、坚持真理；张富清的本色是什么呢？是脚踏大地、扎根人民。张富清的一段读书笔记为此提供了最好的证明，他写道："要不断改造主观世界、加强党性修养、加强品格陶冶，老老实实做人，踏踏实实干事，清清白白为官，始终做到对党忠诚、个人干净、勇于担当。""不断改造主观世界"使张富清永不止步、永不满足，永葆共产党人的青春与活力。

张富清的妻子孙玉兰在回忆中曾提到："他对我说，要完成任务，领导自己要过硬，勇于从自己开刀，才能开展好工作。"话虽不多，语言也朴实，但其内涵却极其耐人寻味。"勇于从自己开刀"，多么干脆利落，多么简单明了，又是多么情真意切，多么可亲可敬！"沧海横流，方显英雄本色。"一位优秀的共产党人，一位真正的人民英雄，不仅用他的语言，而且用他的实践，向我们昭示着什么才是真正的时代楷模，什么才是中华民族的脊梁，什么才是不可战胜的力量！

学榜样，要乐于担当尽责

担当尽责，就是勇挑重担、知难而进，尽职尽责、一马当先；乐于担当尽责，就要时时自我加压，处处公而忘私。

乐于担当尽责，从大处讲，要为国家分忧。"天下兴亡，匹夫有责。""居庙堂之高则忧其民，处江湖之远则忧其君。"家国情怀是中华民族存续发展的根脉，理应在共产党人这里发扬光大。习近平总书记指出："我们党从成立那天起，就肩负着实现中华民族伟大复兴的历史使命。我们党领导人民进行革命建设改革，就是要让中国人民富裕起来，国家强盛起来，振兴伟大的中华民族。"要说担当，每一个共产党人都应勇担新时代坚持和发展中国特色社会主义、让国家走向富强的历史使命。要说尽责，每一个共产党人都应扛牢新时代认准和助力"两个一百年"奋斗目标，让民族走向复兴的神圣责任。

乐于担当尽责，从小处讲，要在岗位尽心。担当，体现在日常工作中，唯有落地，才能生根；尽责，反映在具体行为上，唯有夯实，才能稳健。担当尽责，就要求我们在岗位上不马虎、不轻率，一丝不苟、精益求精，简言之就是认真。不要小看"认真"二字。毛泽东同志说过，"世界上怕就怕'认真'二字，共产党就最讲认真"。担当尽责，要恪尽职守、尽心竭力，一切从我做起，一切从现在做起，以钉钉子精神干好每一件事情，在不起眼的小事中成就自己。和平年代，平凡工作，能有多少大事？要知道，将每一件小事做好，就是大事。工作中，同在一个单位，有的惰性十足，有的天天忙活，时间一久，忙活的人赢得了同志们的信任与尊重，懒惰的人得到的可能就是大家的排斥与反感。一个人的历史就是在日积月累中写就的。通常的结果是，付出的人被同志抬举，计较的人则必然被大家冷落。有些事情看似不起眼，但确实考验人、检验人、成就人。

担当尽责，共产党人要走到前头，不是走在中间，更不是落在后面，当群众的尾巴。因为作为先锋队的一员，你没有理由不冲锋在前。习近平总书记曾语重心长地说："我们深深知道，每个人的力量是有限的，但只要我们万众一心、众志成城，就没有克服不了的困难；每个人的工作时间是有限的，但全心全意为人民服务是无限的。责任重于泰山，事业任重道远。我们一定要始终与人民心心相印、与人民同甘共苦、与人民团结奋斗，夙夜在公，勤勉工作，努力向历史、向人民交出一份合格的答卷。"仔细想一想，党员干部要想在新时代有所作为并且大有作为，除了担当尽责，还有什么捷径可走呢？

不可否认，乐于担当尽责是所有先进模范人物的一个共同特征。正是这一特征，使得他们异于常人、高于常人。担当，使他们愈挫愈勇；尽责，使他们越苦越甜。这些人鄙弃的是"小聪明"，崇尚的是"大智慧"。从他们身上，我们既能汲取正能量，又能学到真本事。

谷文昌——福建省东山县原县委书记。他1950年随部队南下至福建。在海岛东山县工作14年，任过10年县委书记。1987年，他魂归东山，当地百姓涕泪相迎，自发捐资建纪念馆、塑雕像，自愿为他守墓护灵。俗话说：群众心里有杆秤。如此厚重的"待遇"，是谷公用担当、用责任、用生命换来的。

谷公最喜欢与农民兄弟交朋友。东山县60多个村的400多名生产队长，他几乎都能叫出名字。

植树造林，治理风沙，修建水库，他带领群众战天斗地，用3年时间让421座山头、3万多亩沙滩尽披绿装，使万亩防沙林、水土保持林傲然挺立。"谷公带头，哪能不听?""一声令下,人人出动!"是人们记忆中一幅幅鲜活的画面。

身边的工作人员换了几茬,他没有提拔重用一个人;他招收别人进单位,偏偏不安排自己的 5 个子女入公职;哪怕是一辆自行车,他也不许他们碰一碰,因为它姓"公"。

谷文昌去世后一周,爱人史英萍便拆除了家中的电话,连同谷文昌的自行车,一并上交:"这是老谷交代的,活着因公使用,死后还给国家。"

一个响当当的名字——谷公!一种亮堂堂的襟怀——为公!谷文昌用自己一生的实践,书写了一曲共产党人担当尽责的时代壮歌!

2015 年 1 月 12 日,习近平总书记在中央党校县委书记研修班学员座谈会上的讲话中指出:"我经常提到(二十世纪)五六十年代福建东山县县委书记谷文昌,他一心一意为老百姓办事,当地老百姓逢年过节是'先祭谷公,后拜祖宗'。"是的,从福建到浙江到中南海,习近平总书记曾多次提过谷文昌,在一篇题为《"潜绩"与"显绩"》的文章中,称赞谷文昌"在老百姓心中树起了一座不朽的丰碑"。2015 年 1 月,习近平总书记与全国 200 多位县委书记座谈,在叮嘱大家要做心中有党、心中有民、心中有责、心中有戒的"四有"干部时,又一次深情地谈起谷文昌。总书记慧眼识英雄,谷文昌无愧好公仆。学好用好这笔无比珍贵的精神财富,广大党员干部必将受益无穷。

谷文昌留下的工作笔记上写有这样两句话："不带私心搞革命，一心一意为人民。"朴素而崇高的信念深刻地诠释着共产党人生命的长度和厚度。

王继才——江苏省灌云县开山岛民兵哨所原所长。1986年7月，王继才与妻子王仕花登上开山岛守岛，2018年7月27日，他在执勤期间突发疾病，经抢救无效去世。王继才用58载的美好年华，谱就了催人泪下的壮丽人生篇章。

32年间，不论风雨雷电，他都和妻子一起，护送国旗走过208级台阶，随着东方旭日霞光，挥舞手臂、徐徐升旗，立正肃穆、庄严敬礼。

32年间，与孤独做伴，日复一日，年复一年，夫妻二人以岛为家，升旗、巡岛、观天象、护航标、写日志，从未间断，出色完成战备执勤任务。岛上至今留存着多面被风雨撕扯过的国旗和40多本海防日志。

32年间，他视岛为家、爱岛如子，在岛上种树、养花、唱歌、听故事、救助渔民、修筑房屋、建造码头，让祖国的海岛日新月异，使万里海疆春光潋滟。

王继才的使命，就是忠诚；王继才的选择，就是坚守。

2018年8月，习近平总书记对王继才同志先进事迹做出重要指示：王继才同志守岛卫国32年，用无怨无悔的坚守和付出，在平凡的岗位上书写了不平凡的人生华章。我们要大力倡导这种爱国奉献精神，使之成为新时代奋斗者的价值追求。

王继才用他的实际行动告诉我们：每个人的岗位不同，但在为国效力上，没有例外；每个人的身份有别，但在为民尽责上，没有特殊。

守岛就是保家卫国。王继才说："开山岛虽小，也是祖国的领土，我要让国旗永远在岛上高高飘扬。"一次遇到台风，王继才为抢护国旗，一脚踩空，滚下山腰，摔断两根肋骨，仍强忍疼痛、咬紧牙关对冲上来的妻子王仕花说："旗帜就是阵地，人在旗帜在，旗在阵地在。"铁骨柔情，令人景仰。

守岛平凡，但持久不凡；承诺平常，但践诺非常。

祖国生气勃勃，是因为人民信仰笃定；人民岁月静好，是因为有人负重前行。

学榜样，要甘于无私奉献

无私奉献，是所有英雄模范人物的共同特征。他们活着，就是为了党和人民的利益而奋斗，初心不改、信仰如一，使命不忘、奉献终生。焦裕禄，就是他们当中的一位杰出代表，一个被人民永远怀念、被历史恒久铭记的真正的共产党人。

焦裕禄——河南省兰考县原县委书记。焦裕禄，是一个常念常亲的名字；焦裕禄，是一种常学常新的精神。

焦裕禄精神，内涵极为丰富。概括来讲，主要有以下三个方面内容：

一是"小中见大"。焦裕禄在兰考治风沙、排内涝，访贫问苦、抱病工作，做的都是小事、实事，没有惊天动地的大事，为什么引起人民群众那么强烈的拥戴？就是因为他把群众放在心中最高的位置，鞠躬尽瘁、死而后已，体现了共产党人的博大胸怀和崇高品格。

二是"少中见多"。焦裕禄在兰考只工作了不到两年，总共才470天。其间，他做了他该做的一切，而且事事感人，件件暖心。老百姓觉得他干得很多很多，认为他干得很实很实，把他看作一座大山，即便不是物质的，也是精神的。提起焦裕禄，群众无不肃然起敬。

毛泽东同志曾经为焦裕禄题词："为人民而死，虽死犹荣。"

三是"短中见长"。艰难的年代，艰苦的环境，艰辛的工作，使焦裕禄以一当十、积劳成疾，只活了短短42年，就英年早逝。但他却给社会留下了巨大的财富，给群众留下了无限的怀想。他的担当精神，他的勤俭作风，他的无私品格，共同铸就了一座不朽的丰碑，永远活在人民心中。

2014年3月17日至18日，习近平总书记在河南省兰考县调研指导党的群众路线教育实践活动时的讲话中指出："焦裕禄同志是人民的好公仆，是县委书记的榜样，也是全党的榜样。亲民爱民、艰苦奋斗、科学求实、迎难而上、无私奉献的焦裕禄精神，过去是、现在是、将来仍然是我们党的宝贵精神财富，永远不会过时。"2015年1月12日，习近平总书记在中央党校县委书记研修班学员座谈会上的讲话中，再一次深情地提到焦裕禄，指出："每每踏上兰考的土地，我的心情都很激动。焦裕禄同志以自己的实际行动塑造了一个优秀共产党员和优秀县委书记的光辉形象。做县委书记，就要做焦裕禄式的县委书记。"

焦裕禄精神与党的宗旨一脉相承，习近平总书记反复号召向焦裕禄学习，目的很明确，就是要求广大党员干部在新时代继往开来、守正出新，义不容辞地担负起全面建成社会主义现代化强国的历史责任。

"俱往矣，数风流人物，还看今朝。"

极目远望，江河万里，千船竞渡、万帆齐发，亿万勤劳而又智慧的人民奋起中流击水。

放眼远眺，神州大地，欣欣向荣、气象万千，一个古老而又年轻的中国阔步走向未来。

这样一个英雄辈出的民族，机遇必定给予回馈；这样一个榜样频现的国度，时代必将给予眷顾。

让我们一同引吭高歌《学习雷锋好榜样》：

> 学习雷锋好榜样，
> 忠于革命忠于党，
> 爱憎分明不忘本，
> 立场坚定斗志强。

立场坚定斗志强。

学习雷锋好榜样，
艰苦朴素永不忘，
愿做革命的螺丝钉，
集体主义思想放光芒。
集体主义思想放光芒。

学习雷锋好榜样，
毛主席的教导记心上，
全心全意为人民，
共产主义品德多高尚。
共产主义品德多高尚。

学习雷锋好榜样，
毛泽东思想来武装，
保卫祖国握紧枪，
永远革命当闯将。
永远革命当闯将。

谈反腐

谈起腐败现象，几乎人人深恶痛绝。对于腐败现象，有权的人和没权的人起码在表面上都是抵触的，只不过嘴上说的与实际做的有所不同罢了。

面对腐败现象，似乎人人受到困扰。腐败现象渗透到社会政治、经济和文化生活的方方面面。请问，又有哪一个人可以置身事外，生活在真空之中呢？

反腐败，不论是国家，还是政党，抑或民众，意愿都是一致的，要求亦是强烈的。对这一问题，人们的关注度极高，容忍度极低。因此，任何忽视和懈怠，都有可能犯下不可逆转的历史性错误。

腐败现象是一种重大社会风险

腐败问题由来已久。自人类社会诞生以来，腐败风险就一直存在、持续发生，成为一种无法消除的社会痼疾。

虽然腐败风险的严重程度因时段和国别有异，但人们对腐败的容忍程度却越来越低。在古代，一些有权势的人甚至可以明目张胆地行使腐败。比如，公元前 873 年，中国周代周厉王时期的琱生就把自己在争夺土地纠纷中贿赂召伯虎的腐败过程，堂而皇之地铸刻在青铜器琱生簋上传之后世。

历史的丑剧不会终场，但随着人们认识水平的日渐提高，腐败行为也在不断改头换面。腐败产生于公共权力的滥用，它是利益的结合体，是权力的伴生物。可以说哪里有利益，哪里就会有私欲；哪里有权力，哪里就会有腐败。腐败的实质是权钱交易。作为一种普遍现象，腐败问题一直是人们关注的焦点和热点问题之一。以我国为例，新华网在 2005 年 10 月推出了"十一五"规划中百姓最关心的五大问题网上调查，结果显示"反腐倡廉"问题位列第三。2012 年 3 月 17 日，京城媒体报道了央行发布的一份调查报告，报告显示中国人最关心的五大问题是：房价、食品安全、收入差距、贪污腐败、医疗。公众对腐败问题的持续关注，恰恰说明它是社会风险的一个风向标。腐败祸国殃民，民众深恶痛绝，如果不果断出手、严加惩治，它就会成为社会动乱的导火索。对此，历史的教训不胜枚举。治理和铲除腐败，必须深入剖析、找准根源，综合施策、标本兼治。

首先，腐败现象极其广泛而复杂。社会愈是发展进步，腐败现象愈是花样翻新。不论是从蔓延层次上还是涉及范围上，当今的腐败都是以往任何时候不可比拟的。以 19 世纪的美国为例。有关学者指出，当时美国的政客们对各种利润丰厚的经济活动设置准入限制，利用垄断授权、公司特许权、配额、公共所有权等在银行体系、公用事业、矿藏资源这些有利可图的领域大肆牟取私利，以至于小贪腐逐渐演化为危害极大的系统性腐败。一方面，腐败广泛冲击着经济基础。从小贪腐被动地寻租到系统性腐败主动地创设租金，腐败涉及经济活动的方方面面。例如，在当时美国的城市中，包括供排水系统建设在内的公用事业投资中存在广泛的、不受制约的公权力，也正因为如此，腐败让城市里"处处水汪汪"。在 19 世纪美国的城市化进程中，大规模的城市基础设施建设投资相应构成了系统性腐败的经济基础。另一方面，腐败深入地渗透到政治体制中，小贪腐利用公权寻租自下而上地腐蚀上层建筑，系统性腐败则利用创设租金来控制上层建筑。以 19 世纪初美国银行业为例，由于银行均须获得政府颁布的特许权，政客们便与银行家相互勾结，形成了权力利用资本，资本庇荫权力的利益链条。

美国历史上的腐败问题对现实的中国有着重要参考价值，我们从中可以汲取许多东西。美国学者魏德安在《双重悖论——腐败如何影响中国的经济增长》一书中，从结构性视角分析发展性腐败，认为这种结构性质反而比混乱性更为可怕。一旦腐败嵌入社会结构，形成盘根错节的腐败网络和寡头政治，公共权力就会彻底异化：用权力掌握经济系统，以政治操纵经济；以经济利益集团影响政治决策，其结果就是国家陷入阶层固化、循环往复的困局。防止石油、电力、水利等国民经济领域部门化、垄断化继而形成经济寡头，不能有丝毫忽视。魏德安的告诫可谓击中要害，他的善意提醒也绝非多余。对于当今反腐败斗争形势依然严峻复杂的中国而言，必须抓住要害，施以重拳，坚决把腐败的势头压下去，以便为经济健康发展、改革持续深化营造良好的社会环境。

其次，腐败现象极其顽固而隐蔽。腐败不得人心，却又极富诱惑力。所有的人都咒骂腐败，抱怨着世风日下，却又都有被腐败俘虏的可能。腐败源于贪欲，贪欲就像一块香甜可口而又抹上毒药的蛋糕，见了想吃，吃过后悔甚至于丧命。腐败行为一般都是暗箱操作，力求用最巧妙的防范手段将风险降到最低。

美国学者曾以来自莫桑比克一家制瓶工厂的实例向我们展示腐败的扭曲性。1991 年，这家工厂需要从外国购置新的设备以提高生产效率，本来一台价值 1 万美元左右的简单机器，就可以实现瓶子贴标签工作的机械化，然而工厂的经理却想买一台价值 10 万美元的机器。这是因为"购买昂贵机器的腐败机会比买普通机器的机会大得多"。这个例子说明：

为了使个人私利最大化，官员们禁止进口那些贿赂行为易被察觉的商品，而鼓励进口那些易于索贿受贿的商品。其后果是，该国无论是消费品还是生产资料的进口都取决于腐败机会，而非消费者口味或者技术需求。这个论点也许能够解释为什么很多贫穷国家宁愿把有限资源用于基础设施项目和国防，而不是教育和卫生，因为前者的腐败机会很多，而后者的腐败机会则会受到很大的限制……

　　腐败的隐蔽性涉及另外一项潜在的腐败成本，即，对变化和革新的抵触。对腐败保密需要减少行贿受贿所涉及的人数。只由少数政客和商人构成的寡头统治拒绝新人的加入。马科斯统治下的菲律宾，苏联或者一些非洲独裁国家都是这种情况。

　　腐败者实施垄断控制，阻止外人进入，无疑会对经济和社会发展造成严重阻碍。尤其需要警惕的是，步入中等收入阶段，一些政府机关工作人员利用信息不对称的优势钻空子、谋私利。比如，前面已经提及的 19 世纪美国城市的供排水系统建设中，因为没有对公共权力的合理监督制约，使得建设成本、质量存在着严重的不透明。再如，中国的土地公开拍卖本来是提高透明度，但有时却成了遮掩腐败的挡箭牌。一个关于 15 个城市从 2003 年到 2007 年土地拍卖的研究发现，看似合理的公开拍卖中却往往暗藏着不少内部操纵的玄机。事实表明，腐败不分民族与国界，也不论发达与落后。只要人类生产力还没创造出较为合理的财富分配，腐败现象就会像水分迷恋土壤一样，向政治、经济、社会等一切领域渗透，并伴随人类政治文明的进程长期延续。

最后，腐败现象极其丑恶而危险。拥权者一旦与腐败结缘，就什么招数都使得出来，什么坏事都干得出来。奢靡是腐败的温床，温柔之乡意味着万丈深渊。"奢靡之始，危亡之渐。"回顾中国历史，夏王朝建立后的第二代就开始堕落。太康的"不恤民事""娱以自纵"，致使夏王朝几近灭亡。《史记》记载，夏代的最后一位国君夏桀"不务德而武伤百姓，百姓弗堪"，引发民众怨愤。商周晚期，纣王"好酒淫乐"，"厚赋税以实鹿台之钱，而盈钜桥之粟"，终致王朝覆灭。西周末年，周厉王横征暴敛，实行"专利税"，凡采药、砍柴、捕鱼虾、射鸟兽等都必须缴税，百姓生活雪上加霜、民怨沸腾，最终引发国人暴动，落得个被百姓赶走的悲哀下场。

提起世界史，法国大革命可能是人们议论最多的话题之一。法国社会学家托克维尔所著《旧制度与大革命》堪称经典。该书讲历史、议政治，提出了许多耐人寻味、发人深省的问题。导致大革命的原因可能很多，但腐败问题无疑是最重要的原因之一。托克维尔对于腐败的警示不能不引起我们的重视。滥权是法国旧制度给人的印象，代表性丑闻是皇后玛丽·安托瓦内特喜爱昂贵的钻石项链，引发了一桩策划诈骗皇冠珠宝商的丑闻。发生在大革命前的这个丑闻备受关注，引起民众广泛愤怒。在大革命爆发的前夜，旧贵族竭力维护自己的既有利益，新资产阶级则竭力为自己谋取新特权，没有人关心孤苦无助的农民，穷人和富人几乎不再有共同的利益，反抗的怒火在静候时机等待喷发。虽然相比欧洲其他地方，当时法国民众是境况最好、受压迫最轻的。国王路易十六也绝非人们印象中的残暴统治者，他统治的法国正处于君主制看似繁荣的时期。但这些有限的自由和表面的繁荣，并不能消除太多专制时代残留的毛病。正如托克维尔的不祥之语，打开了全面革命的大门——大革命毫无情面地将路易十六送上了断头台。统治者的道貌岸然掩盖不了其丑恶的本质，阶级的堕落和制度的腐朽决定了其最终覆灭的命运。当"不惜一切代价发财致富的欲望、对商业的嗜好、对物质利益和享受的追求"成为最普遍的感情，同时专制制度又"给它们提供秘诀和庇护，使贪婪之心横行无忌，听任人们以不义之行攫取不义之财"之际，也就预示着统治者离垮台的日子已经为时不远了。

腐败与公共权力的大小直接相关，公共权力越大，腐败就越严重。中国历史上一些手握重权的贪官如刘瑾、严嵩、魏忠贤等贪污的数额都十分惊人，如和珅的家产价值就达 9 亿两白银。据"透明国际"提供的数据，一些当代政府首脑的贪污数目也让人难以置信。比如印尼前总统苏哈托，当了 31 年总统，被指控的贪污资金的数目为150 亿到 350 亿美元，而印尼当时的人均国内生产总值只有 695 美元；菲律宾前总统马科斯，在执政的 20 余年里贪污了 50 亿到 100 亿美元；刚果民主共和国前总统蒙博托，执政 32 年，贪污了 50 亿美元；乌克兰前总理拉扎连科只做了一年的总理，就贪污了 1.14 亿到 2 亿美元。从这些例子中可以看出政治家贪污的金额是何等巨大。这些执政者给国家和社会造成的损害和破坏难以估量，当然他们最后也都逃脱不了历史和人民的无情惩罚。

腐败是社会的毒瘤。根据世界银行统计，腐败每年给发展中国家造成的财富损失在 200 亿到 400 亿美元，这笔损失无疑十分巨大，但是，跟全世界每年上千亿美元的非正常流动资金相比，这一数目并不显眼。要知道这些非正常流动资金的幕后都有一双黑手在操控，这双黑手就是腐败。一些跨国公司与地下金融体系联系，一方面对发展中国家巧取豪夺，另一方面神出鬼没地进行金融投机，成为最危险的腐败黑洞。遏制腐败现象蔓延，任何时候都不是一个让人轻松的话题。

腐败问题是一个经济问题，更是一个政治和社会问题。任何对腐败问题的掉以轻心都将犯下不可原谅的历史性错误。放纵腐败，等于自我毁灭。反腐败关乎国家命运，关乎社会前途，关乎民众福祉。因此，不仅要有坚定的决心，更要有坚决的行动。俄罗斯总统普京曾发誓要"用烧红的铁燃尽腐败",但面对根深蒂固的寡头抗衡,治理谈何容易。以习近平同志为核心的党中央"以踏石留印、抓铁有痕的劲头"清除"四风",以一往无前、决战决胜的勇气惩治腐败,"坚持'老虎''苍蝇'一起打","把权力关进制度的笼子里"。遏制了腐败,净化了风气,振奋了民心,促进了发展,其史无前例的举措已经显示并将继续显现出积极而良好的社会效果。

我国腐败现象成因分析及综合治理

改革开放尤其是中共十八大以来,我国反腐败斗争走过了一段艰难、曲折而又充满光明的道路。从社会发展的整体态势来看,反腐败有力保障了中心工作,为国家的改革、发展和稳定做出了巨大贡献。但从腐败现象的现实状况评判,我国反腐败斗争的形势依然严峻复杂。面对挑战,既要有足够的政策手段,又要有高超的策略智慧。唯此,才能始终牢牢把握反腐败斗争的主动权。

一、腐败现象产生的历史及现实根源

腐败现象为什么屡禁不止?腐败分子为什么不断产生?腐败情节为什么趋于严重?全面客观地看待这一问题,需要挖出根源,以利于拿出破解良方。

文化积弊的传承性。我国古代治理尚德,要求统治者

"为政以德"，以"礼义廉耻"为"国之四维"来约束权力者。厚德载物、自强不息，淡泊明志、宁静致远，先天下之忧而忧、后天下之乐而乐等修身处世观，强有力地支撑着中华民族文明的发展和延续。但数千年人治政治和君民文化形成的等级观念、特权思想和官位意识直到现今还在影响着民众的行为。道德很重要，但用来作为治理的手段，显然夸大了其功能。长期文化积弊形成的单一德治的文化偏好让腐败有了可乘之机。

市场经济的趋利性。腐败与商品交换有着特别密切的关系，而市场经济的特征就是高度发达的商品经济。不规范的市场经济初期，往往是腐败的高发阶段。实行市场经济，追求经济增长已成为国家和政府理所当然的目标，人们醉心于对自身财富的追求，遗忘了对道德义务和公共职责的追索，社会空间被各种利益集团割裂，"权力"被俘虏、异化，成为商品交换的内容，于是，腐败的产生也就不可避免。

制度建构的滞后性。制度体制机制带有天然的滞后性，在体制转型期，"明知管不好，还是放不下"，"旧的难以废除，新的还未建立"的情况比比皆是，"无形的手"常常掰不过"有形的手"。市场经济体制的建立很漫长，支持市场经济运行的法律制度的健全也需要持久的努力。其间，经济发展越快，体制转换、结构转型和社会变革越深刻，产生的新问题就越多。制度的滞后性使权力在很长时间内运行在规则不明晰的状态下，为大量腐败现象的滋生提供了土壤。

二、反腐败斗争面临的严峻形势

反腐败斗争是一项长期、复杂而艰巨的政治斗争，它事关党的生死存亡、社会的发展进步、民族的兴衰成败。目前的反腐败斗争，不是"狼来了"，而是"狼"一直在身边；不是晴空万里，而是乌云时常在涌动。对此，必须有足够清醒的认识。

从时间上看。认识层面上，许多人认为腐败只是特定时期特殊环境的产物，没有必要一直把弦上得很紧，弓拉得过满。操作层面上，存在着侥幸心理，总是希望通过打一些漂亮的决定性战役，把腐败苗头消灭在萌芽状态。这种幼稚的想法与社会现实相差甚远。就像有空气存在就会有细菌生长一样，只要有权力伴生经济活动，就会有腐败产生的风险。对待反腐败斗争，要做好长期作战的思想准备，既要从战略上藐视它，又要从战术上重视它，坚持打好一次又一次战役，积小胜为大胜，最终达到预期目标。

从范围上看。客观上，腐败现象正处于易发多发、易变多变期，发生腐败的部门和领域正在不断扩展。主观上，有人自以为是地定义腐败、放大腐败，把学历造假、论文抄袭等许多并不相干的东西纳入腐败的范畴。腐败是什么？腐败是运用公共权力谋取私人利益，范围很清楚。用反腐手段对待本属违背道德或违反纪律的行为，既不合情，又不合理，更不合法，结果将会导致民众思想混乱、目标失准，重心偏离、信心不足，进而减弱反腐败斗争的实际力度。

从程度上看。经济的高速发展增加了腐败的诱因。官商勾结、要素寻租特点突出，腐败手段的花样翻新和网络反腐舆情的日渐高涨，说明腐败问题并非一些人想象的那么简单。现在有人认为，在制度建设和监督机制的共同作用下，中国职务腐败将进入"衰退期"；还有人认为，1993年以来，全国查办案件数量持续上升，但从 2004 年开始出现下降后波动的态势，说明腐败问题正处于从有所遏制向全面遏制、从易发多发期向稳定可控期转变的阶段。上述观点，难以成立。前者以为仅靠短时期的制度弥补和机制完善就让腐败进入"衰退期"，未免太过天真。后者仅从查办案件数量一个指标就简单得出"向好趋势"的论断更不科学。反腐成效，不能用案件发生与查办数量来衡量，它还包括干部的认知践行、群众的感受评价等多种因素。对反腐败斗争的严峻性绝不可低估，否则，就有可能犯历史性的错误。

三、腐败现象的现代综合治理

开展反腐败斗争既要勇于打攻坚战，又要善于打持久战，还要勤于打游击战；既要注意继承和发扬，又要重视借鉴和吸收，还要善于综合运用各种手段强化科学治理。

用好文化的塑造力。主要包括民众文化和干部文化塑造两个方面。民众文化素质的提高为干部文化塑造奠定基础，干部文化素质的提升为民众文化塑造提供动力，二者相互促进，缺一不可。民众教育要避免铺陈，针对不同的对象和环境，要采取不同的教育方法。既要倡导道德，又要普及法治，逐渐培养并形成政通人和的文化力、舆论场和生存境。干部教育要实在管用，着力于理论塑造和党性锤炼，防止程式化和教条化。对干部教育的标准是，读书的层次要高，理论的积淀要厚，生活的情趣要雅，事业的追求要正，让广大党员干部形成思之所依、情之所系、行之所归的感恩之心、廉耻之心、奉献之心和进取之心，持续构建并夯实稳固厚重的反腐倡廉的主体支撑，进而在全社会营造一种良好的反腐倡廉的文化生态。

用好制度的约束力。制度建设要尊重科学，循序渐进。要善于把握规律，在制度建设过程中，既要深入调研，吃透情况；又要抓住重点，有的放矢。既要尊重历史，承继传统；又要依据现实，谋求发展，力求周密严谨，科学规范。制度建设要体现理性。坚持实事求是，重在实际效用，不搞绝对化和一刀切；要有破有立，因势而变，适时作为，主动防范。制度建设要大胆突破。敢于从民众关注关切的热点焦点问题开刀，以拓展新的局面。对于改革过程中发现的管理缺陷和制度漏洞，要及时打上补丁，有效遏制腐败。

用好监督的控制力。严格监督、严格约束，是对干部最大的爱护和保护。强化监督要在"三化"上狠下功夫。第一，推进法治化。腐败问题不能扩大化，不然就会大而化之；腐败惩治不应部门化，不然就会劳而少功。反腐败是全社会的事，要善于整合优化资源，调动一切有利因素攻坚克难。要强化法治理念和整体意识，杜绝人治色彩和单干心理，通过法治化的举措，有效避免反腐败斗争的泛化、虚化和弱化。第二，坚持公开化。阳光是最好的防腐剂。公开化就是让公众享有充分的知情权、参与权和监督权。培养廉洁官员，打造可信政府，塑造社会诚实品格，需要公开化的全面推行。只要不违背国家法律、不损害国家安全，所有党务政务活动都要毫无保留地公诸社会，自觉接受民众的检验和监督。第三，实行信息化。一要整合资源。要对现有的人才和技术资源进行有机调配和整合，制定中长期信息化建设规划，打破地方和行业各自为政、相对独立的信息化"瓶颈"。二要规范流程。按照权力运行的特性设立规范顺畅的运转流程，实现信息系统的科学安全高效运行。三要搭建平台。建设全国统一的跨地区、跨部门的电子政务和信息监管平台，全面提高信息化和智能化水平。

用好惩治的震慑力。教育、制度和技术等手段都不是万能的，总有一些人心存侥幸，以身试法。对这些"害群之马"，决不能心慈手软、姑息养奸。惩治腐败要敢于亮剑。彰显法纪权威。法制面前人人平等，规则面前没有特权，国家法律不容践踏，党的纪律不容蔑视，任何人触犯法纪都要受到应有惩处。彰显政治勇气。对位高权重的贪腐分子，必须打准、打狠、打痛，通过重拳出击，惩一儆百，以维护正义，取信于民。彰显改革意志。哪儿是"瓶颈"，哪儿最敏感，就从哪儿下手。通过体制机制的修补完善，使惩治腐败更具广度、深度和渗透力。惩治腐败要善借民力。惩治腐败，要坚定不移地相信群众、依靠群众，满怀信心地发动群众、引导群众。一方面，要敢用民力。互联网时代的民智更高、力量更强，要重视发掘运用信息社会的正能量，主动作为，回应民众关切。另一方面，要善用民力。激活民众积极参与很重要，引导民众有序参与更重要。要针对民众的习惯特点，主动作为，合理疏导，努力营造一个阳光透明、惩恶祛邪的舆论环境。惩治腐败要遵循规律。面对新的形势，要加深对反腐败斗争规律性的认识，注重提高反腐败斗争决策的理性化程度，努力寻求改革、发展、稳定的动态平衡，积极追求政治、经济、社会和法纪效果的统一。惩处是手段，治理是目的，严惩腐败分子，归根结底是为了让广大干部担当尽责，廉洁从政。惩治腐败需要有开放心态和战略眼光，需要有科学方法和务实精神，只有这样，才能在管控廉政风险、维护社会稳定、促进改革发展中展示政治远见，承担历史责任。

最后，有必要专门谈谈"四种形态"的运用问题。

《中国共产党党内监督条例》第一章第七条这样表述："党内监督必须把纪律挺在前面，运用监督执纪'四种形态'，经常开展批评和自我批评、约谈函询，让'红红脸、出出汗'成为常态；党纪轻处分、组织调整成为违纪处理的大多数；党纪重处分、重大职务调整的成为少数；严重违纪涉嫌违法立案审查的成为极少数。"

《中国共产党党内监督条例》吸收党的十八大以来管党治党、加强党内监督的新理念、新经验、新成果，提出运用监督执纪"四种形态"，即"常态""大多数""少数""极少数"，正像中医理论中的"上医治未病"一样，目的是在病未发之时就祛除病根，预防疾病的出现。

党的十八大后，在保持高压反腐态势的同时，立足于教育挽救干部，坚持惩前毖后、治病救人方针，坚持纪挺法前、纪严于法原则，发现苗头及时提醒，触犯纪律立即处理，把他律要求转化为内在追求，避免党员干部小错酿成大错，从"破纪"走向"违法"。

所谓抓"早"，就是关口前移。早发现，即瞪大眼睛、拉长耳朵，及时发现党员干部身上苗头性、倾向性问题；早提醒，即发现问题后早一点打招呼，进行真诚善意的提醒、推心置腹的交流，使问题及早得到纠正；早处置，即对反映的一般性问题进行函询、谈话、诫勉，没有发现问题的予以澄清，以便有关同志放下包袱、轻装前进。

所谓抓"小"，就是防微杜渐。小洞不补，大洞受苦。违纪违法问题的发生，往往都是从小问题逐渐发展起来的。地位的改变、环境的变化、精神的松懈等，都可能导致党员干部出现这样那样的问题。任何事物都有一个积累的过程，有一个从量变到质变的过程。比如，今天迟到一次，明天早退一次，平时习以为常，慢慢地就养成作风上的惰性；再如，党费缴纳不按时，"三会一课"走过场，感觉不以为然，渐渐地就形成政治上的麻痹。生活上，今天听信一个"小道消息"，明天就有可能传播一条政治谣言；工作中，这次虚报冒领，下次就有可能贪污侵占。此时吃拿卡要，彼时就有可能截留挪用。在日常管理监督中，只有有效履行"两个责任"，对这些所谓的"小事小节"及时纠正，才能防患于未然，治病于未发，从根本上抑制腐败细菌的滋生蔓延。打一个比方，就是防止从感冒演变为肺炎，由肺炎恶变为肺癌。当有治时不治，到不治时再治，也就为时已晚。

如前所述，腐败现象从来都不是一个国家、一个社会特有的，反腐败是个世界性难题。古今中外的各种政权都经受着腐败的考验。当今的腐败犯罪日趋隐蔽化、集体化、高智商化、高科技化乃至国际化。党的十八大以来，以习近平同志为核心的党中央直面腐败问题，在充分认识腐败的危害性、严重性基础上，通过有序推进的战略举措，形成了治理腐败的新成效、新经验。几年来的实践，极为鲜明地向世人证明一个发展中大国、一个长期执政的政党治理腐败的信心、决心和勇气，并给予了不同于西方的答案。

当然，从突破口到转折点，从形成"压倒性态势"到取得"压倒性胜利"，并不表明治理腐败已经大功告成，可以一劳永逸了。习近平总书记在党的十九大报告中强调，只有以反腐败永远在路上的坚韧和执着，深化标本兼治，保证干部清正、政府清廉、政治清明，才能跳出历史周期律，确保党和国家长治久安。

反腐败必须始终保持一份坚忍执着。正如习近平总书记在党的十九大报告中所说："强化不敢腐的震慑，扎牢不能腐的笼子，增强不想腐的自觉，通过不懈努力换来海晏河清、朗朗乾坤。"深入反腐败，开启新征程，我们的党将更加生机勃勃，我们的人民将更加意气风发，我们的国家将更加风光无限。

谈风险

人们常说："树欲静而风不止。"如果以此形容社会的存在状态则十分恰当。社会是动与静的结合体。相对于固守家园的安贫乐道之静，不甘现状的漂泊谋生是动；相对于和平宁静的平淡无奇之静，战争较量的残酷搏杀是动；相对于乡村社会的四时有节之静，城市空间的昼夜喧嚣是动。社会就像一条流动的河，在平坦的河床上它显得异常平静，可一到陡坡转弯处则顿时会变得湍急汹涌。社会状态，说到底就是自然状态或人的状态的综合显现。从社会状态中，我们每个人都能找到自身的影子。

当今时代，快变的生活节奏、激烈的社会竞争、频繁的社会流动，让世界变得面目全非，使人们感到危机四伏。风险无时不有、无处不在，已成为我们的时代特征与社会主题：从微观到宏观、从传统到现代、从制度匹配到日常生活，无不受到风险的影响。毫不夸张地说，我们已进入风险社会之中。德国著名社会学家贝克一言穷理：

阶级社会的驱动力可以概括为这样一句话：我饿！另一方面，风险社会的驱动力则可以表达为：我害怕！

　　"风险社会"作为一个现代性范畴，明确揭示出"社会风险"的现代性境遇与当代形态。随着全球化进程的加速，现代风险早已打破阶级、职业、民族、种族和地域限制，在社会当中，无人能够例外，共同成为风险打击和摧毁的对象。风险社会具有的整体性、系统性，个体化、原子化，无边界性、不可感知性、不确定性等特点，无限拓展了社会风险的广度和深度，形成一种现代化推进越迅速、越有力，社会风险越增加、越突出的可怕局面。也许，这就是现代化的一种悖论。法国希拉里基金会秘书长瓦莱丽·戴哈诺娃指出：当前的世界困难重重，环境危机迫在眉睫，民族、种族冲突此起彼伏。甚至可以说，这种自然危机和文化危机使得整个人类都面临一种前所未有的危险。以往我们大多依靠资源、科技进步来解决危机，维持生存，然而这绝不是长久之计。我们需要从文化上回顾和反思整个人类历史的发展过程，重新考虑整个人类的经济、自然环境以及民族国家之间的关系，进而寻求根本的、可持续的解决之道。风险与发展相伴，风险随发展累增，正视风险、抵御风险已经成为人类社会生存和发展不容忽视的一个极为重大的现实问题。

风险的主要特征

有句中医俗语叫"通则不痛，痛则不通"，意思是说如果人的肌体经络不通、气血不畅，导致生理功能失调紊乱，疾病就会乘虚而入。社会犹如人的肌体，如果体制不顺、机制不全，造成体系运转失序阻滞，各种矛盾和问题的出现也就在所难免。这样，从通与不通的角度来观察和认识社会风险的特征，也许正好能够抓住问题的症结。

风险，存在于人类历史的各个时期。传统社会，面对自然灾害、暴力侵犯等传统风险，人们艰难地生存；到了现代社会，风险呈现混合叠加之势，且大多表现为更具破坏力的人为风险。现代风险较之以往显得强度更高，烈度更大。

一、主客统一

风险不仅是一种客观存在，而且是一种主观认知。风险的潜在性特点决定了它只是具有一定危险的可能性，在危险没有发生之前，人们预感到了，属于一种主观预测；在危险发生以后，人们直接承受，又变成一种客观事实。社会风险的不确定性因素表明，现代社会风险的广泛性、复杂性以及由此给社会所带来的负面影响将更加严重。

贝克提醒我们，风险并不是具体的物，而是一种社会"构想"，是一种社会定义，只有当人们相信它时，它才会真实有效。现实生活中，胆小的人与胆大的人对风险的感知程度不同，理性的人与感性的人对风险的抗击能力有异，因此面对风险，人与人的感受与应变也各不相同。风险作用于不同的人，虽然是种客观存在，但由于承受力的差别，人们的反映却相差甚远。同样面对风险，有的人可能镇定自若，有的人可能麻木不仁，有的人可能惊慌失措；面对同样的风险，有的人会实事求是，有的人会夸大事实，有的人会缩小事实。一般来讲，主观认知与客观实物吻合度越高，处置和应对的主动性就越强。社会风险主客统一的特征提醒我们，对待风险，既要冷静观察、科学判断，又要有效规避、正确处置，这样，才有可能把危害和损失降到最低。

二、内外共生

现代社会风险的可怕性在于它的"内忧外患"。一方面，源自自然界的天灾不以人的意志为转移。狂风、暴雨难控，海啸、地震难防，自然灾害对人类社会的杀伤力极大。可以说，一部人类文明史，就是一部与自然灾害斗争的发展史。另一方面，源自人类自身的"人祸"也在不断"引火烧身"。"疯牛病(BSE)危机不仅仅是命运问题，而且还是决策和选择，科学和政治，工业、市场和资本的问题。这不是外在的风险，而是在每个人的生活中和各种不同的制度中内生的风险。"人类的科技手段和决策行为使内生风险的因素逐渐增多，也使外在风险的因素日趋加重。科技带来的未必都是人们想要的。

置身现实境遇，人们既要始终警惕源于自然的袭扰，又要时刻提防来自人为的侵害，活得的确很苦很累。这种状态表明："人类正处于一个转折点上，正处于一种新理性的开端。在这种新理性中，科学不再等同于确定性，概率不再等同于无知。"人类对科技顶礼膜拜，科技在人类面前信马由缰。科技扬扬自得的背后藏匿着的是巨大的内生风险，它随时随地可能爆发。如果不加重视，人类面临的后果也许比想象的还要可怕。

三、时空变幻

社会风险充满变数，它说来就来，说走就走；神出鬼没，生无定所，从不讲究什么游戏规则。在时间上，它毫无约束，随性而至；在空间上，它不受局限，纵横驰骋。社会风险一经搭上现代化的快车，能量和动力成倍增加。哪怕一件看似并不起眼的小事，也可能牵动全社会的神经，搅得整个世界不得安宁。在网络高度发达的今天，一个网点引起的涟漪就有可能波及和影响其他领域，引起一系列连锁反应，由此产生的"蝴蝶效应"势必给社会带来不可预测的风险。现代社会的"时空压缩性"特征会造成社会风险的超强爆发力和极大破坏力。

各类风险由人类自己导演，却又很难收场："这些危险不仅远离个人的能力，而且也远离更大的团体甚至国家的控制；更有甚者，这些危险对千百万人乃至整个人类来说都可能是高强度的和威胁生命的。"贝克指出，从普遍意义上说风险的确已经变得无地域限制了，而且已经具有世界性。风险早已跨越疆界："贫困是等级制的，化学烟雾是民主的。"风险超越阶级、超越种族、超越时空的现实表明，那些风险的制造者们，早晚也要成为风险的受害者。风险面前没人能够幸免于难，无人能够置身度外。

四、身心俱损

风险给人类造成的伤害决不仅仅是物质的和身体的，它给人类心灵和精神带来的冲击也十分巨大。遭受自然灾害的打击，人们悲叹命运的不公；遇到人为风险的侵犯，人们诅咒良心的泯灭。自然不可抗拒，发展必有代价，风险社会中的风险变得极其复杂，风险的前因后果已经不再是简单的线性函数关系，人类不再可能使所有的风险具体化，"仔细琢磨这一似是而非的趋势，我们不难想象，今后的风险社会已经成为一个无法保险的社会"。

现代社会的风险犹如悬在人们头上的达摩克利斯之剑，让人一直处在惊恐的状态之中，惶惶不可终日。面对传统风险，人们的心理承受力一般还比较强，因为人们知道它是无法躲避的；而面对现代风险，人们的精神抗击力却要软弱得多，因为人们明白它在某种程度上是可以避免的。相比前者，后者的创伤则是双重累加的。它所造成的心理和精神上的重负在短时间之内很难排解，其结果是人们对风险造成伤害的担心比起真实情况显得更加严重。局部的风险会被一些人看作整体的风险，由此造成更大范围的心理恐慌。同时，风险的危害和人们的情绪还可能被一些别有用心的人利用，甚至出现将其引向政治化的倾向。化解社会风险，对心灵与精神的安抚已经现实地摆在了我们的面前。

风险的理性反思

一个人走路一不小心还有可能会摔跤，以此理解整个社会、整个国家、整个世界运转中出现的问题和风险也就不足为怪。世界的变化太大、太快，以至于人们还没回过神来，意料之外的事情已经不期而至。1997 年亚洲金融危机惊魂未定，2008 年全球性金融危机接踵而来，此番风暴尚未消停，2015 年欧洲难民风潮继之咆哮。人们不禁要问，我们这是生活在一个充满幸福的社会里，还是挣扎在一个弥漫灾难的世界中？现代化的成果既令人欣喜若狂，又让人忧心忡忡。我们注定要在这种矛盾境地中找寻生机、谋求发展。"从历史的维度看，自从人类出现在地球上以来，就面临着各种各样的自然和社会风险，从一定意义上说，人类文明发展的历史也是一部挑战风险、战胜风险的历史。从一代又一代人类克难历险的过程中，可以清晰地折射出这大千世界的华赡宏富和经纬万端，人类的成功与失败、喜悦与悲伤；可以窥见世界文明进步的历史轨迹；而人类历史的赓续和繁衍，又决定了人类风险的无限延续性。"勇敢面对风险，积极反思风险，正确应对风险，是我们必须做好的一门社会功课。

现代化给我们哪些思考？现代化仿佛是一场没有尽头的马拉松。搭乘现代化的快车，人类已经走了很长的路，也走了很多的弯路。现代化与全球化合作演出，全球化为现代化搭建舞台，现代化为全球化饰演主角，于是世界的发展有了无限的可能，人类的生活也呈现出巨大的潜能。现代化给我们带来的不仅仅是庆幸。长期以来，我们总是过于自信，恪守常规，坚信人的理性力量无所不能，丝毫不怀疑社会发展的有序性，习惯于以线性思维模式思考问题，总想着从因果关系中寻找答案，结果往往事与愿违。

现代化与全球化的一个重要特征是大数据。大数据，开启了重大的时代转型："这仅仅只是一个开始，大数据时代对我们的生活，以及与世界交流的方式都提出了挑战。最惊人的是，社会需要放弃它对因果关系的渴求，而仅需关注相关关系。也就是说只需要知道是什么，而不需要知道为什么。这就推翻了自古以来的惯例，而我们做决定和理解现实的最基本方式也将受到挑战。"英国数据科学家迈尔－舍恩伯格认为，"相关关系也许不能准确地告知我们某件事情为何会发生，但是它会提醒我们这件事情正在发生"。迈尔－舍恩伯格告诉我们，大数据显示的是曲线，而不是直线，是混杂性，而不是精确性；建构的是由相关关系交织的扁平化世界，而不是由因果关系叠加的金字塔王国。这些观念对于我们反思社会风险将会带来许多有益的启迪。

在我们赞美现代化的时候，是不是也应保留一些对它的警惕。因为，现代化既带来进步，又带来后退；既带来繁荣，又带来灾难。现代化给我们很好地上了一课。现代化的扩张跃进体现的绝非正常的因果关系的路径，除了福音，还有数不清的风险："现代性不仅预示了形形色色宏伟的解放景观，不仅带有不断自我纠正和扩张的伟大许诺，而且还包含着各种毁灭的可能性：暴力、侵略、战争和种族灭绝。"贝克同样认识到："在现代化进程中，也有越来越多的破坏力被释放出来，即便人类的想象力也为之不知所措。"风险一再毫不留情地教训着人类。比如，1986年的"切尔诺贝利"核电站泄漏事故不能不令人们谈核色变。风险不知在什么时候、从什么地方就突然冒了出来，让人们猝不及防。在现代化的早期，也许各个民族国家独自就可以对风险进行有效规避和治理，但随着现代化的深入，风险的防范已经呈现出跨越国家、跨越地区的明显特征。像传染病、核危机、难民风潮、恐怖活动等风险的扩散，亟待世界各国共同行动、联合治理。在这当中，任何自私自利、独善其身的做派和想法都是幼稚愚蠢的，其结局也只能是自食其果。让我们听听弗里德曼的提醒吧："在这个越来越热、越来越平坦和越来越拥挤的世界，如何创造工具、建立制度、寻找能源和制定道德规范以使这个星球更加清洁和可持续地运转，将是我们这一代人面临的最大的挑战。"

社会风险是否有规律可循？自然之风，忽大忽小、忽强忽弱、忽左忽右，来无踪、去无影，风险几乎不可预测、无法逃避；社会之风，忽高忽低、忽盛忽衰、忽东忽西，看不见、摸不着，风险似乎很难辨识、无从把握。与自然风险不同，社会风险虽然也是一种客观存在，但它却与人的主观测度有关。俗话说，人无远虑，必有近忧。社会风险是偶然中的必然，必然中的偶然。人类对风险的认知有一个过程。在古代，人们往往将遭遇的灾害和危难归因于上天的惩罚，比如古希腊和中国古代神话都以神秘主义的眼光看待这种灾难。后来人类理性逐渐替代了感性，对灾难的认识也产生了飞跃。到了 18 世纪，康德从哲学上证实了人的主体性，作为必然性的"自然的隐秘计划"就不再是命运，在人的主体性面前，它成了或然性。从此，人们就将某种有悖于主体目的的必然性、可能性视为"风险"。从传统社会的灾难到现代社会的风险概念的转变，既体现出不同时代社会特征的变化，也显示着人类自身思辨能力的提升。

现代社会风险是偶然性与规律性的集合体。自然风险虽然不可抗拒，但经过努力，却有可能将风险的危害降到最低；社会风险虽然可以控制，但理性的缺失极可能造成更大的灾难。例如，2003 年夏天发生的北美大停电，使纽约、底特律、渥太华、多伦多等许多城市的工厂停工、地铁停驶、交通阻塞、班机延误,生产生活陷入瘫痪和混乱状态。据统计,停电使近5000万人口受到影响,仅给美国就造成了高达300亿美元的经济损失。风险面前,现代文明竟然如此脆弱。快速发展、无序竞争是导致"人为制造的不确定性"的重要源头,吉登斯把它看作现代社会风险的一个主要特征。恩格斯更是从哲学的高度认识此类问题:"历史事件似乎总的说来同样是由偶然性支配着的。但是,在表面上是偶然性起作用的地方,这种偶然性始终是受内部的隐蔽着的规律支配的,而问题只是在于发现这些规律。"社会风险的不确定性使其成为一种潜在性威胁,从而决定了它是不可控的。但风险在社会中产生,多由人为因素所造成,也就说明它在一定程度上又是可控的。社会风险的不可控性与可控性的博弈使人类生存的世界显得更富戏剧性。人类社会从第一次世界大战走出来,从第二次世界大战走出来,从各种重大自然灾害和社会危机中走出来,是因为无论是从民族国家,还是从全球道德机制上,这个世界都内存着一种克服各种风险的智慧和能力。只要正确和正常发挥,人类一定会走出崎岖坎坷,步入康庄大道。

风险带来的除了危害还有什么?风险既不是一个好东西,又不是一个坏东西。人吃饭还有可能咬自己的舌头,表明风险的存在是一种难以避免的客观存在。弗里德曼在《世界又热又平又挤》一书中曾引用著名海洋生物学家埃德曼关于生物多样性的观点，对于我们如何应对风险危害也许会有帮助。埃德曼说："变化是生命的常态，如果没有千姿百态的物种和文明，我们将很难适应环境的变化。可以问问只种一种作物的农民，植物病是如何摧毁他的整个农场的。可以问问把所有资金都压在一种投资产品上的金融人士……即便一个小小的坚果，它的多样性基因都代代相传——我们人类更应该让自己变得柔韧，去搏击全球化巨变的风浪。"弗里德曼接着指出："没有人知道前方会有什么灾害在等着我们，如果为了棕榈油和甘蔗乙醇就把热带雨林夷为平地，那无异于自掘坟墓。""在一个炎热、平坦、拥挤的世界里，所有事物都比过去任何一个时期更快地运动着和变化着，我们必须得适应这些变化，否则在这个世界里就没有我们的立足之地。"以上观点告诉我们，面对如此多样和多变的世界，我们必须学会向自然学习，从自然的多样性生存状态中汲取智慧，并以多样性的手段迎接挑战、应对风险。

"祸兮，福之所倚；福兮，祸之所伏。"风险的存在并不一定是坏事情。以中国为代表的发展中国家，在短短几十年的时间里走完了西方发达国家用几百年走完的现代化进程，这种"压缩型"跨越式发展模式造成的各类风险注定很多，并且这种风险还具有历时性和复合性的特点。积极面对问题、正视风险，强化风险意识和危机意识，我们才能有效预见和化解风险带来的后果，在扬弃中提升，在创新中发展。风险并不可怕，可怕的是我们被风险吓怕。风险面前勇者胜、智者胜。风险在哪儿，社会的弊端和瓶颈就在哪儿。解决了、突破了，社会面貌就会为之一新。危险的当口，正是机会的端口。每一次风险的出现都是一次机遇的降临，都隐喻着新的变革的开始。对待风险，我们既要在战略上蔑视它，又要在战术上重视它，力争掌握工作的主动权。风险的大小存亡、缓急轻重，几乎全在我们对待它的态度和行动上。风险是人类的老师，问题在于我们愿不愿意当好它的学生。

政府公信力对风险的抑制作用何以不强？政府公信力的强弱在防范和化解风险中起着举足轻重的作用。一直以来，我们对此并没有给予足够的关注。可以说人类风险的发生都直接或间接与政府公信力的弱化有关。在这当中，既有制度的成分，又有道德的因素。托克维尔深谋远虑："在人类制度中，如同在人体内一样，在履行不同生存职能的各种器官之外，还存在一种看不见的中心力量，这种力量乃是生命的本源。器官看来仍像以往一样运动，然而却是枉然，当这赋予生命的火焰最终熄灭时，一切顿时落入衰弱与死亡。"政府公信力对于化解社会风险，无论从物质上还是精神上，都起着不可替代的作用。重塑政府公信力，需要制度完善和管理跟进，更需要精英阶层从严修身养德，构筑精神高地，让每一位公职人员都能有操守、敢担当，在其位、谋其政，扛起一面旗、撑起一片天，以率先垂范的行为赢得民众的信赖和依仗。百姓心悦诚服，各种风险的发生概率一定会大大降低，即使是发生了，战而胜之的概率也会成倍提高。

减少风险灾难究竟该从何处下手？任何风险的发生都有一个从小到大的积累过程。许多情况下，如果我们有所戒备、及时防范，一些风险是可以有效加以规避甚至完全避免的。风险往往从一些不起眼的细微之处寻找机会，并且利用人们的疏忽侥幸和好大喜功心理打开缺口、显威示强。千里之堤，溃于蚁穴。费尽九牛二虎之力筑起的千里长堤，有可能就毁在一个小小蚁穴那里。现实中，有时一个随手扔掉的烟头，就可能酿成一场损失惨重的森林大火；有时一次插座短路，就可能造成一场楼损人亡的重大悲剧。

改革开放以来，中国的大中城市中现代化的楼房拔地而起，高端、大气、上档次，一点也不比西方逊色。但一到暴雨来袭一些问题便暴露出来，由于楼房和道路下面排水管网设施建设上的差距，许多城市"水漫金山"、一片汪洋，不仅让车辆抛锚，而且导致人员伤亡，百姓因此苦不堪言。例如，2013 年 7 月，仅四川省暴雨成灾，就造成死亡 58 人，失踪 175 人，直接经济损失 201.9 亿元。在看得见的地方有人做得太过聪明，劳民伤财成了排场的代价；在看不见的地方有人做得太过愚蠢，灾害侵袭成了虚荣的回报，灾难对建筑工程的无情"验收"告诉我们里子比面子重要的道理。请把那些"不关紧处"的事情尽力做好些吧，也许它们才是"最关紧处"的真正守护神。

多元化的社会状态可怕吗？社会多元化是人类文明进步的标志，也是社会发展到一定阶段的必然结果。体制转轨、经济转型、利益多元，注定伴随着社会的失衡和风险的增加。中国的现实是，40多年改革开放促进了社会的巨大进步，自己传统的东西虽然得到一定程度的强化，但离真正的目标要求仍有不小的差距，而西方的一些东西却实实在在地扩大了它的地盘，增大了它的影响；富起来的人日益增多，中产阶级队伍不断壮大，可贫困人口依然大量存在，贫富差距同样存在继续拉大的趋势；各项改革的深化，使得社会面貌有了较大改观，但医疗、教育和住房领域的过度市场化使民众难以承受，由此引发的不满和反感情绪也在此消彼长。综上，多种矛盾交织，多种观念交锋，多重利益冲撞，不同利益群体之间、不同利益集团之间的博弈既相互对立又相互牵扯，多元化的现实社会状态，在热闹之余，确实给人平添了几分忧虑。处身其中，虽然听起来有些嘈杂，但如若仔细倾听分辨却并不觉得那么刺耳。相对于"一种声音"的单调和极端，"多种声音"的喧闹和亢奋似乎显得更为"靠谱"。让人把想说的话说出来，把该表达的意见表达出来，比憋在心里、闷在肚里要舒服和安全得多。

多元化的社会确实存在一些麻烦，也会出现一些特殊的风险，但比起一边倒的倾向，却更容易在问题摩擦和矛盾抵消中形成制约和平衡。多元化既不是魔鬼，也不是天使。多元化并不可怕，它与时代为伍，只要正确驾驭，就一定能使其在稀释、调理和化解风险中，为促进社会和谐稳定、经济健康发展起到积极的作用。

谈 领 导

谈起领导，人们往往将其与上司画等号。领导，从字面上看，是指那些具有带领和引导资格的个人。在组织中，领导的价值在于其指挥和影响作用发挥的大小。领导的本质是人与人之间的一种互动过程。良性的互动是双向的。领导的领导资格是组织赋予的，但这并不等于领导者的素质与之相匹配；领导有领导实施的对象，但这并不等于被领导者会心甘情愿地接受指挥。领导拥有权威与领导的权力不是一码事。真正的领导权威源自领导者的内在品格和影响力，而不是他的职位和权力。

确立信誉，用人格的亲和力激励下属

领导是一种积极的、有目的、有方向的人际作用。实践表明，不论是机关干部还是基层群众，都比较看重平等的地位和信念的感召。单位领导以目的和方向作用于下属，下属以自己的行为轨迹回答这种作用。当领导不能没有方向。没有好与坏、是与非等观念是不合逻辑而且十分危险的。配合默契和心悦诚服的上下级关系，并不完全依赖领导的智商有多高、技巧有多妙，但一定来自领导心迹的端正和品格的高尚。"居庙堂之高则忧其民，处江湖之远则忧其君。"古人尚能如此，党的领导干部的胸怀和抱负理应更为博大。要把个人的前途命运与国家和民族的前途命运紧密联系起来，忠实践行全心全意为人民服务的宗旨，无私奉献，奋发有为。领导应该头顶蓝天，脚踏大地，既富想象力，又有行动力。这是因为下属不但要求你应该是有所作为、值得信任的，而且要求你是有担当勇气和信仰情怀的。这种信念恒定和躬行实践的能力是领导确立信誉的重要条件。领导在跟随者当中产生希望和信心。领导是情感的产物。只有信仰能够在领导和下属之间的长期共处中建立起维系感情的纽带。心灵只被心灵打动。一位领导干部，只有始终保持共产党人的蓬勃朝气、昂扬锐气和浩然正气，才能使下属产生信心和勇气，真正的信心和勇气能够形成真诚的追随者和坚定的支持者。

领导者实施领导的过程，从某种角度上讲就是其发挥影响力的过程。领导者的影响力，绝非来自手中的权力，而是靠威信、靠修养。威信和修养是影响力的基础，是带好队伍、推进事业的必要条件。如果你不相信报信者，那么你将不会相信传来的消息。同理，如果下属不信服领导者，那么他们将不会相信领导做出的决策。人贵有自知之明。当领导必须了解自己的分量，并在不断塑造中增加这种分量。领导需要权威，其正确的结论是：权威源自品德修养。良好的修养是立身之本。职务，是为人民服务的岗位；权力，是为人民服务的工具。胜任职务，用好权力，离不开较高的自身修养。修养好，不仅可以出威信，出团结，而且可以出凝聚力，出创造力。孔子云："为政以德，譬如北辰，居其所而众星共之。"治理国家是这样，治理一个部门和单位，道理同样也是如此。一个领导如果没有照亮群众、感染群众的资本，那么你就愧对领导这个称号。道德修养是每个人的必修课。党的领导干部道德上的纯洁性直接关系到政治上的坚定性。党的干部尤其是领导干部自身的修养不仅仅是个人品德问题，而且关乎组织的声誉。领导干部的言行举止，直接影响着党的形象。

领导者往往受人瞩目，人们的关注度高，因此必须以身作则。如何以身作则呢？概况讲有两句话：一是大事讲原则，恪守党性，刚直不阿；一是小事讲风格，好事让着，难事挡着。具体来讲，就是要通过高尚的品格修养来激励下属。下属的钦佩和遵从是实现领导的标志。优秀的领导者一定容易使人产生归属感。也就是说，下属看好他们的领导是因为领导能使他们自我感觉良好。下属通过与领导者的关系而自我提高时，领导者就从他们那儿获取了归属感。领导魅力蕴含着人格的成分，虽然从来没有过科学的解释，但它确实是有效领导的一个重要组成部分。优秀的领导总是吃苦在前、享受在后，设身处地地为下属着想。这样既有利于领导理解和预测下属的行动，又能使下属意识到领导的关心。以被领导者可以预测的行为和反应为基础，自然可以实施有效的领导。领导要修德立身，时刻严于律己，不做越轨出格的事。高风亮节的感召力一定超过权力的作用。积聚你的良性影响力，营造一个充满和谐与正气的环境是当好领导的重要任务。

赢得信誉还要求领导者必须诚实。日常琐事无形之中成为衡量领导者诚实度的一把标尺，正是它塑造或破坏了领导在下属心目中的地位。要表里如一，襟怀坦白，靠正直、公平使人信服，不以权高、言重使人屈服。当领导要让上级满意，也许并非难事，而要令群众信服，却甚为不易。在单位，一些同志时常抱怨人际关系复杂、社会矛盾尖锐、社会风气不好。事实上，只要自己先简单起来，人人都简单起来，还有什么复杂？为此，领导更应该好自为之。不要世故圆滑，在下属面前耍手腕；不要口是心非，在下属面前玩点子。要积极与人沟通，真诚与人共事。领导应当成为渴望有所成就、有所贡献的下属的知己、朋友和榜样。

培养能力，在持续学习和实践中增长并运用智慧

人的能力是在长期实践积淀中形成的，它与人的知识水平成正比。西方思想家培根认为，人有多少知识，就有多大能力，他的知识和他的能力是相等的。古人"才者德之资也，德者才之帅也"讲的也是这个道理。当领导，品德高尚固然重要，但才干学识也不可或缺。才干和学识的获取需要学习，必须花费心血，按照经济学的原理来说，就是没有"投入"，就不会有"产出"。当然，领导干部也不可能是通才、全才，但最起码要具备与权力相适应的素质和能力，这是以才树威的基本要求。

我们处在一个必须终身学习的时代，是一种荣幸，也是一种福分。学习是立身之本，知识是壮身之需，能力是强身之要。让知识与能力与时俱进、与日俱增，领导不应仅是口头喊喊，做做样子，而应真正成为内心的声音，积极的行动。决不能把学习庸俗化、功利化、形式化。"合抱之木，生于毫末。"坚持不懈地学习，一点一滴地积累，一定会尝到甜头、得到回报。

领导者如果在思想理论上，在分析问题、解决问题的能力上，在掌握知识特别是现代知识的深度和广度上，在写作、演讲的交流表达功力上不走在前面，就难以起到领导的作用，甚至失去领导的资格。当一些干部为薪水太低、运气不好、怀才不遇而烦恼的时候，也许并不知道，自己

其实正身处一所可以求得知识、积累经验的大学校里。而日后一切可能的成功，都须看你今日学习的态度和效率。领导干部何尝不是如此？临渊羡鱼，不如退而结网；时不我待，必须奋起直追。要始终处于学习的状态。学习好，才能有智慧。智是道德之基，智是实践之舵。面对竞争日趋激烈的时代变革和日新月异的现实需要，拥有知识的多少直接决定着领导者决策的魄力和本领。智慧，不管是理性的还是情感的，都是领导的基石。当领导尽管不要高人一等，但不能不高人一筹。你要比别人发现得多，反应得快，推理更有效，判断更准确，行动更坚决。智纯德厚。只有将聪明才智和正确的价值观有机结合起来，领导者才能引导下属朝着光明的大道前行。有的领导者尽管职务不高、权力不大、管人不多，但面对的领导多、接触的范围广、获取的信息量大，更应该扬长避短、发挥优势，把学与思、思与行统一起来，始终坚持在理性思维指导下展开行动。

科学技术及信息技术的发展，使得世界的变化速率以几何级数增长，这些发展所带来的变化必将对个人和组织构成越来越严峻的挑战。一切陈旧东西，自然要被淘汰；而一切创造，却为时代所需。学习问题常说常新，是因为它是人类进步的阶梯。学习是件苦差事，不要指望立竿见影，更不可期望成名成家。学习是灵魂的伴侣，是人生的发动机。学习能使人观念常新、能量常流、活力常在、生命常青。学习是件大事，领导同志必须正视这一问题。人们都有这样的体会，生活中，对待同样一个问题，两个人的观点却是截然相反；工作中，处理相同一件事情，两个人的结果却有天壤之别。究其原因，深层次都有一个学习的问题。人们都有类似的疑问，为什么有些人犯不该犯的错误，出不该出的问题，极少数人甚至触碰纪律和法律的底线，追根溯源，还是在于学习不专、思想不正。长期浑浑噩噩、不学无术，走上邪道是迟早的事情。我们不禁要问：领导学习不够、思虑不深，离享乐很近，离真理很远，行吗？

新时代领导要有新作为。这个新作为不仅需要学习好，而且需要实践好。其中衡量"好"的一个重要标准就是创新。领导最忌当"收发员""传声筒"，照抄照转、安于现状，不求无功、但求无过。推进伟大斗争、伟大工程、伟大事业、伟大梦想的神圣召唤，要求每一个人特别是领导干部都应保持蓬勃向上的精神状态和敢为人先的奋斗激情。创新是领导能力最为突出的体现，也是领导智慧最为鲜明的标志。在创新中探索和突破，是领导者凝聚团队的聪明之举，也是能动引领下属的智慧之策。重视培养创新能力，是领导者的使命所在。无论是理论创新、管理创新，还是制度创新、机制创新，都要突破前人、打破旧模式，改变一些习以为常的东西，变被动性为主动性，变滞后性为超前性，变低层次为高层次，开辟新途径，开创新境界。创新的支撑靠知识，知识的来源靠学习。创新离我们很近又很远。如果学得真、钻得深，创新就离得很近；反之，创新就离得很远。毋庸置疑，一切创新精神、创新意识、创新能力、创新成果都出自勤奋学习、勤奋思考和勤奋实践。"业精于勤""勤能补拙"等都说明了这个道理。创新有大有小，却无处不在。重大的发现、重大的创造、重大的改革是创新；调整工作思路，改进思维方法，提出政策建议，也是创新。创新意识每个人都有，同时也不缺创新的机会和舞台，但关键要看学习的劲头足不足，钻研的精神强不强。从某种意义上讲，领导的学习力决定着领导的创新力，这就需要发扬刻苦学习、不懈求索、敢破敢立的进取精神，以使自身的所作所为能够体现时代性、把握规律性、富于创造性。

致力服务，最大限度地发挥间接管理的效用

管理就是服务。随着时代的进步，这句话的内涵越来越为人们所认识。就人的本性而言，人是最不愿意被管理的。他们不希望接受命令对他们行为方式的干预，只想服从领导行动的召唤力；他们不想接受权力的制约，只愿接受领导人格的影响力。在组织中，命令所起的作用越大，就越不需要能力和自由，从而将会破坏内在秩序的形成。这就形成了一个恶性循环：当组织的力量变弱时，命令系

列就会占据留下的空间，这样一来，组织的功能就会进一步削弱。如果领导采用死板僵化的方式，像对待机器一样地对下属实施管束，就会为他们所鄙视。下属即使按要求去做了，也只是一种违心的行为。

置身新时代，履行新使命，尊重别人是实施领导的基础。领导者更需要学会尊重，自觉做到"尊重劳动、尊重知识、尊重人才、尊重创造"。俗话说：尺有所短，寸有所长。即便是领导，也不可能事事胜人。在一个组织中，任何一个人，不管能量有多大，也都是靠集体才能发挥作用的。智慧需要集体的碰撞，行动需要集体的协同，业绩需要集体的凝聚。领导要放下架子，甘当学生，因为领导并不等同于先生。知者为师应当成为领导干部的一种崭新理念。永远不要骄傲。我们不得不承认一个事实，自满总是导致不满。组织中的成员，常常是藏龙卧虎，各有特长。你在集体中就得依靠集体。如果领导者不以权力为中心，就会真正懂得，你并不在他们之上，而只在他们之中。如果领导者不想失去领导魅力，那么请活跃在他们之中，做润滑油，做催化剂，在协调、服务上多做些实际工作。只要搭建好舞台，设置好灯光，照样能演出精彩动人的剧目来。

除非较大的单位，领导与下属一般都抬头不见低头见，沟通频繁、联系直接，但越是频繁直接，越容易忽视交流，彼此形成隔膜。当人们被心理距离拉开时，在执行目标和任务时就会出现大量的分歧，而且会在思维和情绪方面产生激烈冲突，这样一来，争强好胜的个人主义常常会取代精诚合作的民主意愿。唯有加强沟通，构建平等对话的平台，疏通彼此的心理，增进相互间的感情，才能有效调动各方面的积极性，赢得更大的管理效益。在一个组织中，成员之间存在着天然的依赖性。没有哪一个人能够掌握所有必需的信息资料，与人合作、相互合作是实现目标、完成任务的重要条件。领导要运用各种有效的方式把不同背景和兴趣的人吸引到一起，为下属提供公平的、同等的机会，使之能贡献最佳表现，发挥全部潜能。这样，由不同禀性的个人所组成的集体，其多样性将构成它的竞争优势。进行上述整合是一门领导艺术，它看似管理，实质却是一种服务。

领导者要找准服务定位，不能凭主观臆断，而应综合考虑并尽力争取主观与客观、需要与可能、动机与效果的统一。要在拓展服务功能，深化服务内涵，扩大服务外延上狠下功夫。

首先，服务定位要体现全局性。古人云："不谋全局者，不足以谋一域。"毛泽东同志说："任何一级的首长，应当把自己注意的重心，放在那些对于他所指挥的全局说来最重要最有决定意义的问题或动作上，而不应当放在其他的问题或动作上。"立足全局，统筹谋划，应是领导实施决策、搞好服务的第一位的任务。凡事预则立，不预则废。

没有明确目标，没有周密策划，没有具体方案，没有实际措施，下属又将如何遵循？当领导，光实干不行，得拿好主意。要出思路，定目标，以联系、发展的观点，以宽阔、深邃的视野来谋划发展。一个清晰明确的思路，将会有效激发下属工作的活力和创业的热情。

其次，服务定位要体现超前性。常言道："善弈者谋势，不善弈者谋子。"领导要注重培养敏锐的洞察力，从复杂多变的形势中科学预测发展趋势，准确把握规律，放眼长远，超前思考，把工作做在前头。搞好服务，宁可头脑复杂，不可头脑简单；宁可胸有成竹，不可胸无定见。要立足于应对复杂局面，居安思危，未雨绸缪，充分考虑各方面的因素和条件，包括内部的外部的、有利的不利的、主观的客观的、历史的现实的，等等。在此基础上，审时度势，因势利导。

再次，服务定位要体现间接性。领导要拓展管理空间，必须把传统的等级观念抛到脑外。仅仅变得谦逊还远远不够，面对艰巨而繁重的任务，必须想方设法破除传统束缚，抓好制度机制建设，用间接的、潜在的方式创造一个能自我调节的系统，创造一种有助自律的环境，就像亚当·斯密所说的"看不见的手"。领导只是其中的制度遵守者和合作共事者。要努力让所有成员都能感觉到不是被人管理，而是在自我管理，那么这种管理表面上看是淡化了，但实质上却是加强了。

最后，服务定位要体现系统性。任何事物都有其自身的系统性。比如，机关处室之间，工作虽互为联系，密不可分，但都有一个相对独立的业务系统。提高领导效能的关键，就在于要按照这一系统中的客观规律办事。当领导要学会"弹钢琴"，协调好各种关系，善于抓主要矛盾，抓重点任务，抓正反典型，以增强工作的系统性和指导性。没有数据就没有管理，这是管理学上的一句著名格言。由此引申，实现管理科学化，就要对工作进行细化、量化。其实，领导工作就是对自身精力和单位资源的一种合理的调配；就是把职权范围内的各种力量有序地组织起来，形成合力，使既定目标得以实现。资源在一定时空内是有限的，领导者的才能就体现在对有限资源实施科学投放，并使之产生最佳效益上。

履行职责，做好你该做的事情

邓小平同志曾经指出："我们的事业总是要求精雕细刻，没有一样事情不是一点一滴的成绩积累起来的。"这句话深刻地道出了老实勤恳、细致严谨的工作态度的重要性。领导就是责任。职务越高，权力越大，责任也就越大。每个人从事的工作不同，分担的任务有别，但无论是处理政务，还是办理事务，系于责任就没有小事。正像一颗道钉足以颠覆一列火车，一支火柴足以毁掉一片森林一样，履职当中，一个程序足以输掉一场官司，一条政策足以影响一批企业。责任重于泰山。干事业、做工作，必当有临事而惧、慎终如始、一丝不苟的态度。尤其是身处深化改革机遇期，大变革，大发展，矛盾交织，竞争激烈，更应当恪尽职责、守土有责。一位称职的领导履行职责的一条重要标准就是，工作认真一些，再认真一些。这看似轻松平常，实则非同一般。"认真"二字，是点石成金的魔棒，也是成就事业的法宝。领导干部秉持认真的态度，做事严谨负责，遇到的问题总会迎刃而解；决策深思熟虑，做出的判断总会切合实际。"认真"二字的本质就是责任。所谓责任，对领导干部来说，就意味着无怨无悔地付出，任劳任怨地奉献。要勤勤恳恳、兢兢业业，善于调查研究，勇于攻坚克难。领导做事认真、把关严格，追求卓越、精业笃行，同志们自然不敢懈怠，单位就会充满朝气，队伍必然充满活力。所以，有些问题发生在下面，根子却在上面。领导做事随意，手下的人往往就会偷懒，最终的结果就会是领导失威、人心涣散、一事难成。

领导是一个动态的不间断的过程，它不但能产生无形的效果，也能产生有形的结果，要保证这个效果和结果对组织、对社会是有益的、积极的，就需要强化领导者的责任。如何强化？

一要在包容中履责。要以政治上、人格上平等的态度去对待下属、尊重下属。要经常换位思考，遇事多用商量的口气说话，尽量多一份理解和宽容，少一点命令和指责。工作干出了成绩，要及时表扬；工作出现了问题，要主动处理；生活遇到了困难，要积极解决。要襟怀坦白，以诚相待，使大家在相处中都有一种亲切感、依赖感和安全感。当领导不能有欺人之念、不可有害人之心，如若不然，必将自食其果。

二要在授权中履责。领导者要学会大权独揽、小权分散，多在授权上做文章。对于下属，要注意因才、因时而用。用之得当、合理，分工协调、有序，可以产生 $1+1>2$ 的效果。当领导就要努力把数量上的相加转变成质量上的相乘，使下属合心、合力，真正拧成一股绳。领导落实任务应把握好"度"，注意个体优势的发掘和群体优势的发挥，其中一条重要原则是授权分责。一个成功的领导者，并不一定要像诸葛亮那样事必躬亲。当领导要明白一个道理，即在坚持大的原则的前提下，授权等于握权，揽权等于失权。"士为知己者死。"无论哪一个人都不愿意为不信任自己的人掏力流汗。领导者要充分发挥领导的杠杆作用，帮助下属明确自己的职业价值、兴趣专长以及业务能力，有效调动他们的主动性和创造性，以免造成资源和力量的损耗。

三要在纳谏中履责。虚怀若谷、不怕批评，善于从不同意见中汲取营养，是领导干部所应具备的基本素质。领导不是管理者，而是发起者；不是索取者，而是给予者；

不是高谈阔论者，而是默默倾听者。一切对工作有利的，就是对自己有利的。俗话说："良药苦口利于病，忠言逆耳利于行。"敢于纳谏、择善而从就是坚持真理、修正错误。讲真话难，与领导愿不愿意听真话直接相关。有的领导总喜欢听顺耳的话，讨厌有不同的声音，这就像是温水煮青蛙，开始感觉很舒服，结果却害了自己。拉下身架，多听净言，有百利而无一害。要处理好民主与集中的关系，注意听取下属建议。当下属真正享有知无不言、言无不尽的权利，敢于横挑鼻子竖挑眼，乐于释放智慧和能量时，自然就有了强烈的参与意识。建立在充分发扬民主基础之上的决策，才会趋向正确而富有权威。当领导应当知晓：对于决策失误，下属或许能够原谅你；但如果动机不纯，你就永远不会得到他们的宽恕。而动机不纯，恰恰是心胸狭窄的产物。

四要在奉献中履责。"空谈误国，实干兴邦。"作风漂浮不实，再好的思路、计划、决策都毫无意义。不管是起草一份材料，还是开展一项活动，抑或是落实一次任务，都要舍得付出，乐于奉献，既讲过程，又重结果。平时工作一般没有什么惊天动地的大事，但就是在大量具体而平凡的琐事中，才见出一位领导、一位同志的素养，他的处事态度，以及他的思想品德。任何事情，只要你用心去做，总会有所收益。连小事都不想干甚至干不成的人，怎么能成就大事呢？领导要引导下属以高度负责的态度去做好每一件小事，并善于在做小事中体会其中的大道理。做事要有一种拼劲、韧劲和狠劲，半途而废，浅尝辄止，永远成不了气候。

五要在自律中履责。"桃李不言，下自成蹊。"正直无私所形成的人格魅力丝毫不能被低估。领导者应该有生气，如清风，有所为有所不为。一方面，做到你该做的，勇于担当尽责。无论任何时候、任何情况下，都要履行对上级对下属做出的承诺，即使这种承诺意味着冒险和自我牺牲。要淡化权力观念，强化责任意识，敢于负责、敢于突破、敢于胜利。欣逢盛世，没有理由不把工作做得更好。另一方面，拒绝你不该做的，自觉抑制欲望。古人有言：淡泊以明志，宁静以致远。这是人生修养的大境界，也应成为领导者的硬要求。要坚持在挑战自我中重塑自我，把品德看重一些，把名利看轻一些，时刻牢记毛泽东同志倡导的"两个务必"。没有什么比洁身自好更宝贵的东西。要知道，安宁是我们一生至为真诚的朋友，清廉是我们一世受用不尽的财富。

谈写作

写作，历来被认为是"经国之大业，不朽之盛事"。从古至今，凡有成就的人，无不十分重视自身的文字修养。"写作难、写作难，急时令人团团转。"经常写作的人都知道，要写好一篇文章，并不像想象的那么容易。你抓耳挠腮、搜肠刮肚，怎么都不尽如人意。这就说明，写作，是有门道的，摸不着门道，自然吃力不讨好。

写作，是党员干部的一项基本功。对于领导干部而言，写作更是一个不可或缺的能力。邓小平同志曾明确指出："实现领导最广泛的方法是用笔杆子。用笔写出来传播就广，而且经过写，思想就提炼了，比较周密。所以用笔领导是领导的主要方法，这是毛主席告诉我们的。凡不会写的要学会写，能写而不精的要慢慢地精。"当领导，要高度重视笔杆子的作用。写作是做好领导工作的必要手段，要锤炼，要培养。自己掂不动笔，总是让秘书代劳，无论怎么讲这都是一个重大缺陷。

写出来的文章，说出来的话，要让人读得入心、听得入耳，否则，将徒劳无功。写作，从某种意义上讲就是立言，立言则信，立信则威。写作即便不能帮助领导解决所有的问题，也定然会对化解矛盾、推进工作大有裨益。写好文章，很难，但并不神秘。关键在于对它的作用和价值认识充分不充分、理解透彻不透彻，在于平时用功不用功、用心不用心。写好文章，只有找到正确的路径，选择恰当的方法，才能达到事半功倍的效果。常读书读益书读好书著文章，勤做事做实事做好事为人民，之于人生都不容有丝毫懈怠。写作，说到底是一门艺术，掌握这门艺术，真正登堂入室，需要从思想、语言、结构、技巧这四个方面加以理性把握。

关于写作中的思想

写作，是一种思想的提炼和输出。写作离不开思想，正像思想离不开语言一样。谈及写作与思想，自然涉及语言与思想的关系。马克思在《德意志意识形态》一书中谈道："语言是思想的直接现实。"思想要靠语言来表达，语言也受思想的制约和支配。没有对概念的准确理解，就不可能有准确、清楚的语言表达。思维混乱、思想糊涂的人，写出来的文章也必然是杂乱无章的。这正应了德国诗人海涅说过的一句话："思想走在行动之前，就像闪电走在雷鸣之前一样。"因此，语言训练、文章写作是和思维训练、思想整理联系在一起的，培养语言运用及写作功力，一定要先从丰富思想开始。

深入理解写作与思想的关系，还需要进一步了解思想和语言的联系虽然十分密切，但两者并不是一码事儿。这是因为人们在沉思默想时使用的内部言语和表达思想的外部语言是有区别的。大体说来，内部言语具有断续性和跳跃性，可以满足快速思维的需要，但它比较粗糙，缺乏连续性。外部语言比较严密，富于条理性。从内部言语到外部语言需要有一个转化过程。能否把所想的东西用外部语言准确、严密地表达出来，取决于作者的语言运用能力。细心的人都会注意到这样一个事实，当你头脑里有了一种想法，想要写出来或说出来时，常常会发现在表达时会对原先的想法进行一些补充、修正，有时甚至会否定原来的想法。这说明，从内部言语向外部语言转化的过程，也是一个整理、加工内部言语和思想的过程。语言运用能力强，就可以把比较粗糙的、缺乏连贯性和条理性的内部言语整理加工成严密的、富有条理性的外部语言，把头脑中不太完整的想法整理成完整的思想。语言运用能力差，不能把内部言语转化成恰当的外部语言，其思想也必然是混乱的。外部语言中，说和写也有区别，这是口语与书面语的区别。一个人的口头表达能力和他的书面表达能力也不总是对等的。一个说起话来口若悬河、生动感人的人，不一定就是一个善于写作、文笔流畅的人。当然，它们之间也有一个转化过程。但总的说来，那种认为"想"得好就能"说"得好，"说"得好就能"写"得好的想法不仅不切实际，而且是错误的。

思想是文章的灵魂。

从本质上讲，写文章，语言只是工具，思想才是所要表达的核心。写作，是用自己的语言把内心的想法表达出来，通过缜密的思考、分析、归纳和总结，去说明事理、提出要求，以便吸引读者、打动听众。毛泽东同志说过："一篇文章或一篇演说，如果是重要的带指导性质的，总得要提出一个什么问题，接着加以分析，然后综合起来，指明问题的性质，给以解决的办法。"领导写作要注意培养思想意识，增强思想力量，力求内涵丰富，耐人寻味。汉语中有这么一对反义词，"言为心声"与"言不由衷"。其中"心声"和"衷"，皆指思想，它们一个"求真"，一个"作假"，判若分明。写作当中，择"真"弃"假"不可忽视。写作，需要"以理服人"。"以理服人"是文章写作所必须遵循的一条重要原则。如果写的文章通篇是名词、定义和概念，一味进行简单的说教，势必让人觉得艰深难懂、不好接受。起草文稿，只有将说理性与通俗性结合起来，把深刻的道理讲明白、讲透彻，才能使所要阐述的事理生动真切、入脑入心，让人心服口服。

写作靠思想，思想靠淬火。任何一种思想成果和科学理论都不会凭空而来，都是实践的产物。"文章千古事，得失寸心知。"1964年，当有人向毛泽东说到读《毛泽东选集》的事时，毛泽东的回答出人意料，他说"这是血的著作"，里面的东西"是群众教给我们的，是付出了流血牺牲的代价的"。他说："我写的文章就是反映这几十年斗争的过程，是人民革命斗争的产物，不是凭自己的脑子空想出来的。先要有人民的革命斗争，然后反映在我们这些人的脑子里。既然有人民革命斗争，就产生要采取什么政策、策略、理论、战略战术问题，栽了跟头，遭到失败，受过压迫，这才懂得并能够写出东西来。"

写作之事，不同寻常。写作，既是语言的舞蹈，又是智力的竞走，还是思想的运动；既是知识的体现，又是能力的展示，还是素质的表演。一篇篇檄文，谁能说不是一颗颗能量巨大的"精神炸弹"；一部部著作，谁能说不是一个个威力无比的"思想武器"？这里，我们可以举例说明。

"两杆枪"。毛泽东靠"两杆枪"让中国人民站起来。"两杆枪"是毛泽东思想的制胜法宝。靠"枪杆子"，"横扫千军如卷席"。毛泽东一生不带枪，但他用"枪"如神，深谙"枪杆子里面出政权"的真谛。毛泽东一生最懂"枪"，驱日寇，游击战争以弱胜强；灭蒋匪，"三大战役"摧枯拉朽。靠"笔杆子"，"指点江山"若等闲。毛泽东，情怀博大，终身经略家国；抱负非凡，毕生忧乐天下。毛泽东的诗词，大气磅礴、气象雄浑。思接千载，纵情天地万物；

视通万里，驾驭古今风云。《沁园春·雪》，以其撼动山河、扭转乾坤的恢宏气势，成为一首英雄志士为人民幸福而奋斗的千古绝唱。《七律·长征》，以其排山倒海、无往不胜的壮阔胸襟，成为一首人民领袖为民族解放而搏击的时代强音。毛泽东的著作，思想深邃、立意高远。《为人民服务》所展现出的赤子之心，感天动地；警世之音，振聋发聩；真理之光，辉耀永恒。《论持久战》，于民族生死存亡关头，立足国内现状，放眼国际格局，冷静分析战争局势，理性研究战略战术，驳"亡国论"，斥"速胜论"，提方针、教战法，谈经验、说规律，为抗战胜利奠定了坚实的理论基础。《论持久战》所显示出的英雄之气，威震敌胆；智慧之思，指点迷津；正义之念，价值不朽！

"两个词"。邓小平靠"两个词"让中国人民富起来。"两个词"是邓小平理论的思想精髓。靠"解放思想"，改革开放辟新略。冲破"两个凡是"禁锢，打破习惯势力和主观偏见束缚，开创了中国特色社会主义道路，使中华大地焕发出前所未有的勃勃生机。靠"实事求是"，立足国情谋发展。坚持一切从实际出发，坚持实践检验真理标准，确立了社会主义初级阶段的基本路线，使中国社会发生了翻天覆地的伟大变革。邓小平的著作，短小精悍、易记好用。字字珠玑，成就伟大构想；句句铿锵，吹响进军号角。读邓小平著作，从《社会主义首先要发展生产力》《为景山学校题词》《在武昌、深圳、珠海、上海等地的谈话要点》等文章中，可以充分领略这位时代巨人的"开放"个性：信仰执着，不屈不挠；心胸坦荡，敢作敢为。读邓小平著作，从《解放思想，实事求是，团结一致向前看》《中国只能走社会主义道路》《一切从社会主义初级阶段的实际出发》等文章中，可以深切感知这位世纪伟人的"求是"作风：坚韧不拔、愈挫愈勇，光明磊落、无私无畏。

"两句话"。习近平靠"两句话"让中国人民强起来。"两句话"是习近平新时代中国特色社会主义思想的核心要义。靠"为中国人民谋幸福"，竭尽心力惠民生。深入贯彻以人民为中心发展思想，大批惠民举措落地实施，脱贫攻坚战果卓著，教育、就业、医疗卫生、社会保障体系同步推进，社会治理体系更加完善，国家安全全面加强，人民群众获得感、幸福感和安全感不断提升。靠"为中华民族谋复兴"，深化改革启新程。改革全面发力、多点突破、纵深推进，改革的系统性、整体性、协同性持续增强，改革的广度和深度压茬拓展，重要领域和关键环节改革取得突破性进展，主要领域改革主体框架基本确立，国家治理体系和治理能力现代化水平明显提高，全社会发展活力和创新活力日趋高涨。习近平的著作，内涵丰富、博大精深。思维敏捷，真知灼见显魅力；逻辑严谨，崇论闳议呈张力。学习近平著述，从《人民对美好生活的向往，就是我们的奋斗目标》《不忘初心，继续前进》《弘扬伟大长征精神，走好今天的长征路》等文章中，能够让我们知道中国共产党为什么

"能"，明白我们从哪里来：不忘初心，保持本色；经受考验，担当有为。学习近平著述，从《坚持和运用好毛泽东思想活的灵魂》《努力开创中国特色社会主义事业更加广阔的前景》《继续推进马克思主义中国化时代化大众化》等文章中，能够让我们知道马克思主义为什么"行"，明白我们往哪里走：牢记使命，奉公为民；锻造本领，砥砺奋进。

以上所谈，简而要之。要说写作中思想的作用和价值，也许上述三位领袖的著作道出了其中的奥秘。领导干部在写作中，要仔细品味；在实践中，要认真借鉴。

关于写作中的语言

写作，是一种语言的运用和交流。写作，虽然受到思想的制约和支配，但最终还是要靠语言来表达。我们通常所说的"写作能力"，是指运用语言文字表达思想感情的能力。思想感情动于"中"，语言文字形诸"外"，一篇"文章"就形成了。由此可见，写作就是运用语言来交际，离开了语言，就谈不上写作，就不会有文章。著名文学家高尔基说："文学就是用语言来创造形象、典型和性格，用语言来反映现实事件、自然景象和思维过程。""文学的第一个要素是语言。语言是文学的主要工具，它和各种事实、生活现象一起，构成了文学的材料。民间有一个最聪明的谜语确定了语言的意义，谜语说：'不是蜜，但是可以粘东西。'因此可以肯定说：世界上没有一件东西是叫不出名字来的。语言是一切事实和思想的外衣。"高尔基讲的虽然是文学创作，但对于各类文章的写作都是同样适用的。

语言是文章的血肉。

一篇文章的优劣，与作者的语言素养有着直接的关系。没有丰富优美的语言，就写不出深切动人的文章。思想浅薄、逻辑混乱、词汇贫乏、语言枯燥的文章绝不会产生生动感人的效果。古今中外的名篇佳作，都是运用语言的典范。所以，掌握一定的语言知识，培养较高的语言素养，是提高写作水平的一项基本功。然而，语言运用能力的提高不可能一蹴而就。毛泽东同志在《反对党八股》一文中指出："为什么语言要学，并且要用很大的气力去学呢？因为语言这东西，不是随便可以学好的，非下苦功不可。"掌握这项基本功，需要在四个方面付出努力。

一是通俗易懂。文章要通俗，写作者必须"接地气"，语言"口语化"，质朴自然、简明平实，与听者或读者拉近距离。语言要自然亲切，不要装腔作势；多用简约易记的话，少用晦涩难懂的话；尽可能把书面词语换成口头词语，唯有写者上口，写得开、写得顺、写得清，才能使读者入耳，读得进、读得懂、读得爽。

1. 采用口语。写作时恰当使用地方话、大实话、性格话，能够使文章增光添色，形成独特个性。如邓小平同志在 1992 年视察武昌、深圳、珠海、上海等地的谈话中讲：

"改革开放胆子要大一些，敢于试验，不能像小脚女人一样。看准了的，就大胆地试，大胆地闯。深圳的重要经验就是敢闯。没有一点闯的精神，没有一点'冒'的精神，没有一股气呀、劲呀，就走不出一条好路，走不出一条新路，就干不出新的事业。"口语化的表述，让改革开放总设计师的思想得以形象而真实地展示，并且也更便于听者的联想和理解。

顺口溜是一种民间的口头韵文，称得上地道的口语。准确使用，既能使声调节律分明，又能连续说清多种事理。如 1961 年周恩来同志《在文艺工作座谈会和故事片创作会议上的讲话》中，曾痛斥当时文艺批评中存在的一种不良风气："别人的话说出来，就给套框子、抓辫子、挖根子、戴帽子、打棍子。首先是有个框子，非要人家这样说这样做不可，不合的就不行。"其句式整齐、流畅顺口，不仅一针见血，而且发人深省。

2. 引用俗语。俗语是通俗并广泛流行的定型化的语句，多数是劳动人民创造的。这些俗语好听便说，时间一久许多自然也就成了警句。尤其在讲话中，穿插引用一些俗语警句，可使之朗朗上口、抑扬顿挫，增强表达的效果。如毛泽东同志在《论持久战》中，多次运用俗语妙喻明理。用"路遥知马力，事久见人心"作喻，阐明"没有正规战争那样迅速的成效和显赫的名声"的游击战争，将"在长期和残酷的战争中""表现其很大的威力"这一英明预见；

用"留得青山在，不愁没柴烧"作比，说明如果避免无把握的战略决战，"虽然丧失若干土地，还有广大的回旋余地，可以促进并等候国内的进步、国际的增援和敌人的内溃"这一抗日战争的上策。凝练深刻的俗语的恰当运用，能给文章助力，能使讲话生辉。

二是生动形象。写作表达思想情感，说理往往占有很大成分。行文中为了把抽象的道理说得明白，往往选用比较具体、形象化的语言进行表述。中国有句古话叫"议论风生"，"议论"所以"风生"，就是因为说得具体、生动，使读者深受感染。当然，说理也有讲究，在注意防止"文件中抄、报纸上套、屋子里憋"的八股习气的同时，还要注重语言活泼、语义真切。"文似看山不喜平。"写法要灵活多样，不能一味叙述。根据内容和层次的需要，可以有目的地使用设问、比较、排比、对偶等修辞手法，创造洗练精辟之语，使人听起来有波澜、有生气。要尽可能少用连词，连词太多，总是让人觉得严谨有余而利落不足。语言丰富一点，句子变化一点，既不损意，又可增色，为何不多做一些努力呢？

邓小平同志在《各方面都要整顿》中有一段话讲："有个'老大难'单位，过去就是老虎屁股摸不得。后来下了决心，管你是谁，六十岁的老虎屁股也好，四十岁的老虎屁股也好，二三十岁的老虎屁股也好，都得摸。一摸，就见效了。"文中连续四次用"老虎屁股"作喻，点出了这个老大难单位中一些人拒绝批评与管教的恶劣状态，肯定了后来抓工作的同志敢于碰硬的魄力与勇气，听起来明白晓畅、气势连贯，极富冲击力。

"它是站在海岸遥望海中已经看得见桅杆尖头了的一只航船，它是立于高山之巅远看东方已见光芒四射喷薄欲出的一轮朝日，它是躁动于母腹中的快要成熟了的一个婴儿。"在《星星之火，可以燎原》的结尾，毛泽东同志以非凡的政治远见、卓越的领袖智慧，用熠熠生辉的比喻词、层层深入的排比句，向全党同志发出了革命高潮即将到来的伟大预言，向全国人民描绘了革命胜利曙光在前的灿烂前景，由此能让我们非常直观地领略作为语言大师、文章大家的毛泽东的迷人风采。

下面，再看毛泽东同志在中华人民共和国第一届全国人民代表大会第一次会议上的开幕词的结束语：

我们的事业是正义的。正义的事业是任何敌人也攻不破的。

领导我们事业的核心力量是中国共产党。

指导我们思想的理论基础是马克思列宁主义。

我们有充分的信心，克服一切艰难困苦，将我国建设成为一个伟大的社会主义共和国。

我们正在前进。

我们正在做我们的前人从来没有做过的极其光荣伟大

的事业。

我们的目的一定要达到。

我们的目的一定能够达到。

全中国六万万人团结起来，为我们的共同事业而努力奋斗！

我们的伟大的祖国万岁！

这篇演讲词充满了对党和祖国前途的必胜信心，洋溢着大无畏的革命乐观主义精神。演讲情深意切，感人肺腑，催人奋进，使到会代表受到极大鼓舞，对全党同志和全国人民起到了巨大鞭策作用，堪称语言生动的范例。

三是简单明了。写文章，作讲话，都要简洁明快，以"精"为贵。这样，才会增强鼓动性和吸引力，便于人们听清记牢、喜读入心。

语言简明，就是用语精当、以一当十，做到言简意赅、明白晓畅。恩格斯指出："言简意赅的句子，一经了解，就能牢牢记住，变成口号；而这是冗长的论述绝对做不到的。"简明的主题，有力的论证，固然得益于深邃的思想，但却离不开精练的文字表达。

做到简洁明了，要点有三。

1. 用词精当。要写出一篇好的文章或讲话，选词用语是一件十分细微、精妙的脑力活儿。只有仔细揣摩、认真品味，才能掌握要领、运用娴熟。

周恩来同志1954年4月28日在日内瓦会议上的讲话中说："我们认为，美国的这些侵略行动应该被制止，亚洲的和平应该得到保证，亚洲各国的独立和主权应该得到尊重，亚洲人民的民族权利和自由应该得到保障，对亚洲各国内政的干涉应该停止，在亚洲各国的外国军事基地应该撤除，驻在亚洲各国的外国军队应该撤退，日本军国主义的复活应该防止，一切经济封锁和限制应该取消。"这里，"制止""停止"和"防止"，"保证""尊重"和"保障"，"撤除""撤退"和"取消"等词汇的分别使用都十分贴切，极其精当，充分体现了周恩来总理作为一位杰出外交家不凡的语言遣用功力。

2. 造句简约。短句结构简单，概括力强，表达意思明确，使人容易记忆，印象深刻。毛泽东同志在《改造我们的学习》中说："或作讲演，则甲乙丙丁、一二三四的一大串；或作文章，则夸夸其谈的一大篇。无实事求是之意，有哗众取宠之心。华而不实，脆而不坚。自以为是，老子天下第一，'钦差大臣'满天飞。这就是我们队伍中若干同志的作风。"在《团结一切抗日力量，反对反共顽固派》中说："这是阴谋，这是借统一之名，行专制之实，挂了统一这个羊头，卖他们的一党专制的狗肉，死皮赖脸，乱吹一顿，不识人间有羞耻事。"毛泽东著作中，类似的例子比比皆是。这样的短句，两两相对、节奏明快，简短急促、酣畅淋漓。由于修辞效果简洁、灵动、有力，能够简明地记录口语，所以在写作时，要特别注意说短话、造短句，以利于增强语言的节奏感，增强文章的感染力。

3. 文言赋新。与现代书面语不同，汉语文言文具有音律工整、简洁典雅、言约意丰的特点。写作中注意引用文言词语和文言句式，古为今用、推陈出新，可使文章隽永丰富、意境深远，引人入胜。

毛泽东的文章习用古语，表现出无与伦比的化平凡为神奇的语言才能。他善于汲取古代历史、文学中的语言精华，以成语为据，论利民之理；以典故作注，谋治国之略，活用化用、点石成金，赋予文言古语以新的思想内涵和时代精神，使其获得新的生命活力。如"愚公移山""实事求是""重于泰山""轻于鸿毛""以其人之道，还治其人之身""知无不言，言无不尽""有则改之，无则加勉""惩前毖后，治病救人""星星之火，可以燎原""得道多助，失道寡助"等，无不产生了巨大而深刻的思想影响力和时代感召力，并且成为毛泽东思想的重要组成部分。

习近平总书记一系列重要讲话、文章和谈话，引古语信手拈来，用经典贯穿古今；继承性和创新性相互交织，新思想和古经典交相辉映。习近平总书记古为今用别开生面，让文言经典活起来，让传统文化立起来，让先进文化兴起来，让习近平新时代中国特色社会主义思想更加深入人心。如"大鹏之动，非一羽之轻也；骐骥之速，非一足之力也""堤溃蚁孔，气泄针芒""心不动于微利之诱，目不眩于五色之惑""临渊羡鱼，不如退而结网""功崇惟志，业广惟勤""大道之行也，天下为公"等，字字如雷贯耳，句句惊世骇俗。既入情入理展示情怀，又守真守正体现风范。如此文章，怎不令人心动?!

四是精确周密。领导的讲话和文章属政论文，政论文一般要分析形势，阐明道理，表明态度，提出要求，因此，写作语言必须精确而周密。遣词造句要精心推敲，慎重选择，尽量避免出现顾此失彼、褒贬失度的现象。毛泽东同志《向全国进军的命令》中"奋勇前进，坚决、彻底、干净、全部地歼灭中国境内一切敢于抵抗的国民党反动派，解放全国人民，保卫中国领土主权的独立和完整"，有意将"坚决、彻底、干净、全部"四个词连用，雄壮有力，势不可挡。这四个词意义相近，但绝不重复："坚决"是从歼灭敌人的意志来说；"彻底"是从歼灭敌人的行动来说；"干净"是从歼灭敌人的标准来说；"全部"是从歼灭敌人的范围来说。这里的用词，充分体现了作者的匠心。要想做到语言精当缜密，说理透彻，逻辑严谨，需把握好"程度""范围"和"感情"三个关口。

1. 程度深浅。比如估价成绩时，是用"显著""优异"，还是用"巨大""很大"，或是"较大""一定"，应反复掂量，慎重下笔。用得不好，效果会适得其反。再如分析事理时，常使用一些不确定数量的词语。像"某些单位或个人""大多数干部群众"等，还有表示所付出力量大小不同的词语"努力""尽力""竭力"等，选择时都要认真推敲，仔细区别。

2. 范围大小。有些词义虽然相似，但使用范围则不尽相同，存在着大、小、宽、窄的细微差别。比如，"时代""时期""时候"是三个大小不同的时间概念，"局面"和"场面"是两个大小不同的空间概念。"事情"和"事件"都是讲事的，但"事情"泛指人类社会中的一切活动和遇到的一切社会现象，包括所有大大小小的事儿，词义范围大；"事件"则指由特别原因造成的不平常的重大事情，词义范围较小。在写作时，要根据词义范围的大小精心选择，以免犯大词小用或小词大用的毛病。

3. 感情褒贬。有些词除了表示意义之外，还表示人的喜爱和憎恶的情感，人们习惯上把这类词叫褒贬词。这类词用得好，可以把思想或感情准确而鲜明地表达出来；用得不好，就会引起误解，甚至产生严重的负面作用。因此，要根据不同的情况，有区别地加以选用。比如"成果"与"后果"，都有"结果"的意思，但"成果"含褒义，"后果"含贬义。再如"顽强"与"顽固"、"赞成"与"附和"、"保护"与"庇护"、"详细"与"烦琐"等，使用时都要十分留意。一般来讲，在文章特别是讲话中，要求执行的，多用倡导性词语，如"增强""加强""发扬"等；要求禁止的，多用限制性词语，如"防止""严禁""杜绝"等。通过褒贬词的合理使用，确立一种正确的工作目标和价值导向。

总之，重视语言，是写作者必须具备的基本常识；用好语言，是领导者必须提高的基本技能。在语言上多下点力，就会在写作中少犯些难；在语言上多用点心，就会在工作中少费些劲。这是一个看似简单，却不容轻视的问题。

关于写作中的结构

人们通常把文章的结构安排称作谋篇布局。它的任务是根据一定的原则和要求，将相关材料观点等内容要素有目的、有主次地组织起来，使之成为一个紧密、有机、统一的整体。对于写作而言，主旨是灵魂，材料是血肉，结构是骨骼。如果建造一座大厦，骨架搭建不好，大量沙石、砖瓦等建筑材料无法使用，还怎么能够将蓝图变为现实呢？再打一个比方，就好像照相一样，先得对好焦距，选正图像，摆对角度，待画面十分清晰时才能拍摄。如果格局未定，框架未立，就按动快门，难免会出次品或废品。

结构是文章的骨架。

一篇文章，观点是否明确，思路是否清晰，逻辑是否严密，都与结构安排息息相关。只有写作前心有纲目，行文时才能提纲挈领。清代戏曲家李渔对结构问题非常重视。他在论述戏曲时首先讲的就是结构。他说，工匠盖房子必须首先筹划"何处建厅、何方开户、栋需何木、梁用何材"。就是说胸中先有蓝图，才能"挥斥运斧"，打地基、起构架。戏曲作品如此，政论文章也不例外。在动笔之前，必须有一个总体构思。如果没有全盘考虑，写一会儿想一会儿，文章就不会有统一性、严密性，思想内容也就难以得到准确的表达。这样势必造成"十步九回头"，导致体系混乱、内容交叉、结构松散、层次不清。至于如何安排结构，需要具体来谈。

一是统揽全局。"欲穷千里目，更上一层楼。"站得高，看得远。写作也是一样。特别是对领导而言，写文章、作讲话是为了阐明事理、指导工作、部署任务，因此需要围绕中心，立足全局。看事物、提问题、理思路、定措施，都要坚持从全局出发，从大局考虑。既要吃透上情明大势，又要熟悉下情接地气，力求在更大范围、更深层次上审视现状、找准定位。统揽全局不能高高在上，不能顾此失彼。因为全局离不开局部，宏观离不开微观。领导写作时要有意识地了解、归纳、提炼实践中的新创造、新经验、新观点、新方法，在充实内涵中谋篇布局，在用好素材中丰满文稿。

统揽全局要注意把握好两点。一点是思路。人们常讲，写文章思路要清，所谓思路，指的就是领导全局性思维的路径。即在字里行间蕴含的对整体态势的把握，对现实问题的剖析以及积极有效的应对举措。从某种意义上讲，统揽全局也就体现在这里。另一点是规律。领导者写作文章或讲话是一种理性思维过程，是对感性认识的升华。一种事物与另外一种事物都有内在联系，这项工作与那项工作都有逻辑关联，如党务、业务、群团、后勤工作等，虽然特点不同，但最终都要归结到全局工作，也即服从服务于全党、全国工作大局，以及本部门本单位工作实际这个中心上。因而行文上要善于研究规律、把握规律、运用规律。规律性预示着全局性，全局性体现着规律性。抓住规律也就抓住了本质、抓住了要害，这样写出的文章才有吸引力和说服力，才有操作性和指导性。

二是确定主旨。主旨，是贯穿全篇的一条红线，也即"基本精神""主题思想"或"主要观点"。围绕主旨，以纲统目，次第展开，才能顺理成章，水到渠成。一篇文章如果主旨不明、主题不清、观点模糊，势必会"下笔千言，离题万里"，"以其昏昏，使人昭昭"，让人感到无所适从。

文章的主旨，实际就是文章的观点。观点是文章的立论之要、立纲之魂。观点不立，文章难成；观点不明，文章无用。领导者撰写文章、起草讲话，要特别重视观点的提炼，把思想和内容鲜活地表现出来。观点鲜明，要求言而有据、言而由衷，不要花腔、不唱高调，符合客观实际，符合事物规律，符合思维逻辑，使人看过或听了以后感到实在、解渴、可信、可行。

一般而言，文章的标题就是文章的观点，如果说大标题是总论点，小标题就是分论点。确定主旨，就要在确立文章主要观点的基础上，积极开动脑筋，对文章的大题目、小题目及每个层次的"题眼"进行精雕细刻、反复锤炼，进而浓缩成既有内容又有高度的点睛之语。一篇文章或讲话仿佛一棵大树，只有观点立定，根子才能扎下去，枝干才能长起来。

三是分清层次。这里涉及层次和段落两个方面。层次，是主旨思路分布、延续的内在线索；段落，是文字表述间歇、转折的外在表现。层次清晰，段落分明，是对文章结构最起码的要求。任何一种事物都有起始和结束，大过程中有小过程，大阶段中有小阶段。竹高百尺挺直，因为有节；千军万马不乱，因为有序。文章结构层次和段落的必要性由此可见一斑。

层次安排要清晰。作为对全局和局部、观点和材料的基本布局及具体安排，必须尽可能做到思路明确、脉络通畅。论述性文章的层次安排一般是按照事物的内在联系进行的，即先提出问题，再分析问题。然后提出解决问题的办法。安排好层次，先要使思路明朗化。也就是在综合权衡考虑的前提下，根据文章主旨，列出写作大纲，形成一个前后连续的计划。提纲写好了，层次确定了，文章架构形成了，动起笔来才会胸有成竹。

段落划分要合理。这个"合理"，一是体现在集中上。力求单一性和完整性。所谓"单一性"，就是说一个段落只能有一个中心意思，不要把一些互不相干的东西放在一个段落里。所谓"完整性"，就是说一个意思要在一个段落里讲完，不要东说一点，西说一点，把一个完整的意思拆得七零八落。二是体现在联系上。各个段落间的意思要有内在联系，使每一段都成为全篇的有机组成部分。三是体现在匀称上。做到轻重适当，长短合度。如果段落与段落之间的篇幅相差悬殊，就会从形式上破坏文章的结构。

过渡转换要自然。为保证层次与层次、段落与段落之间的连续性，就要注意搞好"过渡"。文章依内在逻辑展开，有时能自然做到"文断意续"。当前后文意截然相反或差别较大时，为避免衔接不紧、结构松散，就需要运用过渡手段——过渡段或过渡句来接续文意，让思路顺利过渡，使结构没有空隙，确保文章前后贯通、浑然一体。

四是突出重点。文章写作不能平均使用力量，要善于"集中优势兵力打歼灭战"。写作一篇文章或讲话，首先应搞明白的是需要解决什么问题，在这些问题中什么是重点问题和主要矛盾。有了这个前提，才能有的放矢、对症下药。这就像乐团奏乐一样，奏响"主旋律"是重中之重，吹好"伴奏曲"是有益补充，二者不能错位。重点问题分析清楚，解决办法主意拿定，其他矛盾问题就会迎刃而解。古人"提领而顿，百毛皆顺"讲的就是这个道理。突出重点亦称分清主次。一般来讲，凡涉及重点问题、主要任务的要多加倾斜，浓墨重彩；对一般问题、日常工作可扼要表述，惜墨如金。这样才便于读者或听者的理解和把握。

说到重点，文章的开头和结尾似乎不能回避。古人写作，讲究龙头凤尾，把文章的开头和结尾看得很重。写开头，要求引人入胜，"爆竹"般令人精力集中；写结尾，要求发人深思，"撞钟"般给人留有余地。

俗话说："万事开头难。"文章开头说难也难，说易也易，关键是要"定好调子"。写作最好是开门见山，开宗明义。如毛泽东同志《青年运动的方向》一文的开头："今天是五四运动的二十周年纪念日，我们延安的全体青年在这里开这个纪念大会，我就来讲一讲关于中国青年运动的方向的几个问题。"自然而然，落笔入题。再如邓小平同志《在党的十一届六中全会闭幕会上的讲话》的开头："我确信，我们这次全会解决的两个问题，解决得非常好。"快人快语，直截了当。

文章结尾的写法多样，但总的要求是简洁有力，不能拖泥带水。同时，还要求语言必须富有号召力和鼓动性。如习近平总书记《在纪念邓小平同志诞辰 110 周年座谈会上的讲话》的结尾写道："我们相信，在 20 世纪赢得了伟大历史性胜利的中国共产党和中国人民，必将在 21 世纪赢得更伟大的历史性胜利！"信心满怀，斩钉截铁。写好结尾，再有一点，是要注意首尾呼应、前后圆合，使文章主旨能够得到更加充分的表达。

关于写作中的技巧

写作属脑力劳动，是技术活儿，这就从根本上决定了它的技巧性。诸如材料筛选、分寸把握、修改补充、风格塑造等，都与技巧有关。

技巧是文章的气息。文章精气神的体现，与技巧运用水平密切相关。不仅应留意，而且要下力。

一要善备材料。有句古话说得好："巧妇难为无米之炊。"材料是文章的食粮。没有材料作为基础，写作也就无从下手。唯有下好善备材料这步"先手棋"，才能厚积薄发，有备无忧。如果平时不烧香，临时抱佛脚，到头来必然手忙脚乱，力不从心。因此说，材料贫乏，积累不足，是写作的大敌。对于写作者而言，一般是占有的材料越多越好，但这并不等于说使用的材料越多越好。材料需积累，积累需善备。这就需要对材料进行合理选择和认真取舍。一方面，要尽量拓宽获取材料的渠道，力求类型齐全、丰富多样。其中广泛阅读、深入调研不失为有效的办法。另一方面，搜集材料要注意去粗取精、去伪存真，注重理论性、政策性和典型性，使之真正成为写作所需的"真金白银"。

善备材料贵在两个字：一个是"勤"。就是勤快勤恳，积极主动，不辞辛苦。人们常说，"好记性不如烂笔头"，说明勤于动笔对于材料搜集的必要性。为此，可建立分专题、划类别的纸质或网上"实用资料库"，有了这个"外脑"，对于写作一定大有益处。一个是"恒"。就是持之以恒，坚持不懈，乐此不疲。积累靠毅力，善备靠功夫。功夫不负有心人。日积月累，方可集腋成裘、聚沙成塔。有了这个底气，才能掌握文章写作的主动权。

二要善控分寸。写出来的东西，是让人看或让人听的，如何做到"合乎口味"，确实马虎不得。写作，要注意分寸，把握好"度"，慎重处理情与理、虚与实、点与面的关系，认真把握精与细、浅与深、详与略的程度。既要上合大道理，与党和国家的政策法律相一致，这叫原则性；又要下合小道理，与基层实际和群众呼声相吻合，这叫合理性。评价事物要客观公正，褒贬工作要一分为二。要做到违背政策和原则的，拒写；考虑不周的提法，不写；没有经过实践验证的事物，少写；涉及敏感问题和矛盾的，慎写。同时还要考虑语气的轻重、传达的对象以及相关的场合等，使所写文章和讲话能够经得起历史的检验。

说到分寸，有必要谈一下语言表达的准确性与模糊性的问题。通常，人们对写作往往强调语言的准确性，而贬斥模糊性。其实，准确性与模糊性是对立统一的，它们在一定条件下可以相互转化。从一般规律上说，模糊是绝对的，精确是相对的。准确的表述既有赖于精确的词语，同时也离不开模糊的词语。从实际表达需要出发该用精确词语的时候用精确词语，该用模糊词语的地方用模糊词语，这样的表述才是准确的。准确与模糊各有短长，可以优势互补。相对于准确词语的恰当和贴切，模糊词语的优势是弹性足、余地大，许多时候，它可以为准确表述起到不可替代的作用。写作中，要注意从实际出发，灵活加以处理。

三要善作修改。文章修改，要依照观点、结构和语言的顺序由主到次、从大到小具体展开。概括讲就是先内容、后形式。在充分考虑主题是否明确、观点是否正确、例证是否贴切、事实有无出入之后，再琢磨结构层次、语言文字的修改润色。假如舍本逐末，只能是多费力气，劳而无功。先总体，后局部。对主题，先审指导思想，再审基本思路；对工作，先查整体概括，再查具体事例；对结构，先理总的框架，再理层次段落；对语言，先修表达角度，再修遣词造句；对节奏，先改文句，再改标点，等等。

文章不厌百回改。鲁迅先生说过："写完后至少看两遍，竭力将可有可无的字，句，段删去，毫不可惜。"文章修改，校正观点、锤炼内容固然重要，但推敲语言、字斟句酌也必不可少。语言加工，要着力解决老生常谈、空话连篇、行文啰唆、文字粗糙的问题，以使语言表达若行云流水般舒展，让思想内涵得到更为精彩的呈现。

文章修改还有一条经验，那就是诵读。诵读与浏览有很大不同。诵读中，往往能发现浏览时不易被发现的观点、逻辑、结构、语法等方面的错误，使写作者能跳出文稿看文稿，避免钻牛角尖，防止眼高手低，从而最大限度地减少差错。

四要善养风格。由于领导个人的文化素养、生活阅历、性格气质不同，写出来的文章风格也互有差别。不论是旁征博引、思维严密，还是朴实简练、直言快语；抑或是诙谐幽默、妙趣横生，都能使人直接或间接地感受到其所反映出来的作者本人的个性特点。布封认为"风格即人"。文章风格直观体现着写作者个人的独特气质，也即风格特征。

　　那么，究竟应该如何有目的地培养写作风格呢？途径有三：一是自知。人贵有自知之明。不仅要了解自己，还要反省自己。要对自身的性格气质、思维习惯加以深入反思、清醒把握，以便真正明白自己长在何处，短在何方。不至于在自以为是、自我陶醉中迷失自我、迷失方向。二是自纠。如果属豪放型的，应注意内敛一些，不致过于冲动；如果是严谨型的，应注意放开一些，不致过于拘谨；如果是轻快型的，应注意沉稳一些，不致过于随便。这种自纠并不容易，但只要坚持，总会见效。三是自强。要多在扬长避短、吸收借鉴上下功夫。读书治学在眼到、口到、心到、手到的前提下，喜欢平民白话的，再多注意一下引经据典；喜欢逻辑思辨的，再多注意一下口语表达；喜欢娓娓道来的，再多注意一下深思联想，这样的补充和修正，只会让领导者写作的风格特征更加鲜明、更加突出，更易被人接纳。

谈哲学

哲学，是揭示自然、社会和思维一般规律的科学。

自古至今，哲学与人类同行，学说林立、体系庞杂，令人目眩神摇；林林总总、五花八门，让人莫衷一是。马克思主义哲学诞生以后，把思维与存在的关系问题，即意识与事物的关系问题作为哲学的基本问题，进而从实践的角度将哲学从天上拉回人间。马克思主义哲学以实践为本，去认识、理解和观察世界，从而在辩证唯物主义和历史唯物主义的基础之上，建构了统一的、彻底的、科学的哲学体系，以其与时俱进的品格成为指导人类社会健康有序发展的最先进最科学的世界观和方法论。

哲学，是开启人类智慧，让人聪明的一门学问。它产生于人类生存的需要，同时又着眼于人类生存的终极目的而不懈地反思、求索。

世人垂青哲学，因为它是人类当之无愧的生活导师。哲学指导我们运用辩证的思维方法看待一切变化着的事物，教会我们在物质与精神、理想与现实、困难与挫折中找到适度的平衡点，以便确定人生方位，优化人生取向，捍卫人生尊严，实现人生价值，常做明白人，不干糊涂事，最大限度地为自己、为他人、为社会争取自由、快乐和幸福。

世人迷恋哲学，因为哲学的价值不在于教给人多少具体的知识，提供给人多少解决问题的方法，而在于它为人们打开了一扇通往思维宝库的大门。有了它，可以正确处理"小我"与"大我"的关系，在亲和自然中顺应自然；有了它，可以恰当拿捏"居高"与"临下"的分寸，在完善自我中成就自我。上可"顶天"，仰观宇宙之大；下可"立地"，俯察品类之盛，真正知晓"作为人，成为人"的深刻内涵。

面对世界，最忌安分守己的，是哲学；面向未来，最爱奇思妙想的，也是哲学。哲学好像是一个"冷美人"，在看似冰凉的外表中，隐藏着一副火热的心肠。对于倾慕它的人，丝毫也不吝啬自己的温情；对于嘲弄它的人，一点也不掩饰自己的鄙视。

哲学，与人类风雨同舟，从不沽名钓誉，因为淡泊是它的禀赋；哲学，为生命加油喝彩，从不喜形于色，因为鼎新是它的个性。

有人戏称，学科学，我不说，你糊涂；我一说，你明白。而学哲学，我不说，你明白；我一说，你糊涂。这就说明，哲学一方面属于"下里巴人"，虽非人人都学，但却人人都用；另一方面，哲学又属"阳春白雪"，这门学问抽象而神秘，越是追问，越是深奥。

哲学，是个使人好奇的话题。步入它的天地，人们总会觉得一步一景、饶有兴致。

哲学，是个引人入胜的话题。跨入它的殿堂，人们总会感到瑰丽无比、流连忘返。

那么，就让我们进入哲学的王国一探究竟吧！

哲学之思维特征

哲学是一个民族文化素质的集中体现，是一个民族文化的活的灵魂。贺麟先生说："哲学是一种学养。哲学的探究是一种以学术培养品格，以真理指导行为的努力。"哲学和科学、宗教、伦理、艺术等文化形式一样，都是人类的精神活动，都是人类能动领悟和把握世界的精神方式。霍尔巴赫以发问的口气说："哲学能够培养人的心灵和头脑。从道德和正直的观点来看，能够独立思考的人之胜于照例无所用心的人，难道还不明显吗？"海德格尔以肯定的语气说："每一种关于人之本质的哲学学说（也即思想学说），本身已经是关于存在者之存在的学说。"哲学与时并生、与时俱进，哲学是生命的精灵，是时代的精华。时代助推哲学演变，哲学反过来为时代塑像。普里戈金和斯唐热认为：

从怀特海角度来看，哲学的任务就是对永恒及变化加以调和，就是将事物想象成过程，就是来证明演化组成实体，组成一个个诞生着及死亡着的本体。

世界是唯一的，但人类同世界的关系却是多重的。这种多重的关系决定了人类视觉的多样性，而每一种视觉都必然具备不同的思维特点。哲学思维是人类思维进步的最高成就。哲学作为一门思考的学问，产生于思维，又引领着思维。石里克解析：

思想家进行哲学思考时的唯一动机是对真理的渴望，否则他的思想就有被他的情感引入歧途的危险。他的心愿、希望和恐惧，随时都有侵犯客观性的可能，而客观性正是诚实地从事任何一种科学探讨的先决条件。

哲学是思维方式的集大成者，正确的思维方式只能来源于哲学。思维是哲学的工具，哲学是思维的向导。哲学，仿佛一种思维的舞蹈，好像一曲思想的赞歌，它让精神和物质融合在一起，在现实世界的舞台留下迷幻而又清晰的身姿。

著名的"帝王哲学家"，古罗马皇帝马可·奥勒留推断：

属于身体的一切只是一道激流，属于灵魂的只是一个梦幻，生命是一场战争，一个过客的旅居，身后的名声也迅速落入忘川。那么一个人靠什么指引呢？唯有哲学。

作为一位帝王，奥勒留如此珍视哲学，说明哲学在人的生命建构中的作用有多么重要。海德格尔在设问中的回答也许能让我们更加深入地领悟哲学的内涵：

"什么叫思想"这个问题追问什么要在别具一格的意义上得到思虑，即它不只是给予我们某个东西让我们去思虑，也不只是给予我们它自身让我们思虑，而不如说，它首先赠予我们思想，它把思想作为我们的本质规定性托付给我们，并且因此首先把我们转让给思想，让我们归本于思想。

哲学思维，让我们懂得生命的意义，珍惜人生的价值。

哲学，作为思维的产物，常常被人们误读。一直以来，在一些所谓思想家的玩弄下，它似乎变得有些玄奥而冷漠。哲学好像披着一袭庄严而又神圣的外衣，摆出一种拒普通人于千里之外的架势，在让人望而却步的同时，寂寞地守护着自己的尊严。美国哲学家杜威说："最坏的时候，是使哲学成为一种搬弄命辞的把戏、琐细的论理和广博周详的论证的徒具外表的各种形式的玩弄。最好的时候，也不过成为为体系而体系的一种爱著，以及对于正确性的一种自许。"英国哲学家维特根斯坦说："哲学家们使用的语言似乎已经被窄小的鞋子挤得变形了。"哲学产生于思维，思维源自于思考，理应离人很近，不管是高贵的人，还是平凡的人，都毫无例外。我们面临的问题是，一方面，有一些人故弄玄虚，用一些莫名其妙的观点装点自己的理论，并把它强加在哲学的头上，导致人们的厌恶与疏离；另一方面，有许多人不愿意思考，或不愿深入地思考，不是偏听偏信，就是人云亦云，这样，哲学思维的面目在无形之中也就发生了改变。哲学思维，追根溯源出自生存疑虑，属于大众创造，因而本该服从生存、服务大众，服务于世间所有需要它的人，并且不分地位高低、不论身份差别。这也就是说，哲学绝不只是极少数人私下享用的盛宴，而应是人民大众共同品尝的大餐。在哲学思维的天空，普通人与高贵者的权力是同等的，因为所有人的生存权都是平等的。道理极简单，思想领域，没有等级、没有界线，所有的人都拥有同样的自由和权力。

实际上，哲学就像一位邻家老人，朴素而平常。它就在人们理性认识世界的过程中，就在人们现实社会实践的活动中，就在人们日常衣食住行的生活中。所有的人，只要活在世上，就要思考问题，就有情绪感情，这种意识和情感本身就包含有哲学的成分，就闪动着哲学的身影。叔本华调侃："哲学是一个长有许多脑袋的怪物，每个脑袋都说着一种不同的语言。"

虽然人们并不完全用哲学头脑去思考，但一定经常会用哲学思维在发问。在追问中求解、在思辨中行动，力求把复杂的东西简单化，把含混的东西明确化。美国哲学家威廉·詹姆士坦言：

对于我即将大胆开始讲哲学这件事，心里有些惴惴不安。因为在我们每一个人心中这样重要的哲学，不是一个技术问题，而是我们对人生真谛的一种多少有些说不出来的感悟。从书本上得来的，不过是哲学的一部分；哲学是我们各人观察和感知宇宙整个推动力的方式。

当然，哲学并非万能之物，指望靠哲学解释和把握全部世界的想法不仅过于天真，而且不切实际。人处在时间和空间的交叉点上，作为一种存在物，只能是瞬间和有限的。可人类的本性偏偏决定了他们不可能满足于此，因为思想和精神的追求，也即哲学思维的作用和影响，他们始终向往着永恒和无限。恰恰由于瞬息有限和永恒无限的矛盾，才使哲学有了无穷无尽的用武之地。哲学的功用，哲学思维的在场，是因为"总是存在着不可预见的新颖性的实在的涌现"。为了"预见"这种"实在"，哲学走到了前台：

在现象的变动的世界之中，哲学努力从这种涌现之中发现一些绝对的东西。而且，我们也从中感受到了更多的欢乐和力量。更多快乐，因为在我们眼皮下仍然不断发明自身的现实，不断地给予我们中的每个人以某种满足。

哲学犹如人类社会的一部永动机，让大千世界充满探究未知的精神动力。为人类寻找一个"安身立命"之所，一个生机盎然的"精神家园"，也许这正是哲学思维存在的根本理由和最终使命。

哲学之思想内涵

哲学是一种思维方式，一种哲学就是一种思想符号。

人是有灵魂的动物，而"灵魂是由思想来染色的"。人的生命的优越，体现在理性也即精神或者说是思想的存在上。这种"分布在理性动物之中的""理性的灵魂"成为人体生命的精神支柱。任何一种思维都是民族精神和时代精神的产物，真正的哲学无疑浓缩着各个民族的所思所想和不同时代的所祈所盼，法国哲学家约瑟夫·祁雅理直来直去："思想没有间断就和人类生活没有间断一样，或者说，就和作为人类生活一部分的任何特定社会没有间断一样。"如此造成一个真正的思维方式，也即"联系、继承、完全或部分地否定先于它的并成为人类心灵整体的一部分的其他哲学体系"。包括哲学思维方式在内的任何一种思维方式本质上都是生存方式的反映，它们形成于特定的生存方式，同时又通过思想能量的集聚和释放反作用于不同的生存方式的变革和创新。"哲学发源于对生活难局的一种深刻而广大的反应，但只有在资料具备，足令这种反应在实践上成为自觉的、明显的而且可以传布的时候，才能发荣增长。"

先看西方哲学之路。它发端于古代小亚细亚半岛的伊奥尼亚，哲学的幽灵环绕于爱琴海、地中海周岸而大盛于雅典城邦，随着历史的变迁，它在走完了古希腊的辉煌历程以后又延伸到古代和近现代的欧洲诸国以及北美。这是一条理性主义的思想之路，他们在理性的、逻辑论证型思维方式的框架下谋求着生计和出路，寻觅着机遇和曙光。

再看中国哲学之路。它源生于黄河流域的大地厚土之上，神思的翅膀游荡于中原腹地的广阔时空，自先秦完成了原始创建，在以后各个朝代的更替发展过程中，逐渐形成了以儒、释、道为主流的思想派别。这是一条直觉主义的思想之路，他们在感性的、通悟直觉型思维方式的引领下调理着生存和身心，应对着困难和挑战。

哲学思维的存在，价值大矣！它使得人类能够在有限的人生里追求无限之永生。这种"有限和无限"，在西方哲学那里是"此岸和彼岸"，在中国哲学这儿则是"个人和社会"。或者说，西方哲学是使人信服之彼岸哲学，中国哲学则是让人遵行之现世哲学。哲学思维赋予人的生命的两极——生与死以无限张力。"哲学的改造既须救助人们，免其彷徨于贫乏而片面的经验和虚伪无能的理性间的歧路，也会解脱人类必须肩起的最重的智力负担。"

纵观人类思想发展史，哲学的重大创造一般情况下虽然是在一个思维方式相同的民族内部完成的，但这种情况大多发生在各民族独立发展的人类历史的早期阶段。进入文明时代以后，各民族之间的交往、碰撞和交融成为一种常态。与此同时，不同文化精神特别是思维方式之间的交流和传导也相应促使了哲学思维的互渗，推动了哲学思维的创新。例如，基督教思想就来源于希伯来文化精神与希腊文化精神的融合；而中国的宋明理学，则是本土儒家思想吸纳外来佛教思想以及本土道教思想后所产生的思想创新的成果。凭借哲学思维的影响和助推，人类文明不断迈向新的发展阶段。

哲学之问题意识

哲学是用以解释世界的，它的突出特征表现在，力求最全面、最根本、最本质地思考问题，并且找出问题的原因所在。哲学首先要回答的不是具体的某个问题，而是试图回答诸如"我从哪里来？""要到哪里去？""我是谁？"等一些抽象的带有共性的问题，然后才面对一些实际而具体的问题。难道不是这样吗？请听伟大诗人屈原的诘问：

遂古之初，谁传道之？上下未形，何由考之？冥昭瞢暗，谁能极之？冯翼惟像，何以识之？明明暗暗，惟时何为？阴阳三合，何本何化？

圜则九重，孰营度之？惟兹何功？孰初作之？斡维焉系？天极焉加？八柱何当？东南何亏？九天之际，安放安属？隅隈多有，谁知其数？

郭沫若在《屈原赋今译》中说，《天问》是屈原把自己对于自然和历史的批判，采取问难的方式提出。因此，所谓"天问"，实际上是关于宇宙起源、自然构成的客观世界的问难，或者说是面对万花筒般世界的哲学之问。一连串的诘问如涌泉般倾泻而出，先贤的思绪与现代的疑虑何其相似乃尔！从超越性上我们完全可以说，屈原不愧为一位伟大的哲学家。有哲学家曾说过，一个哲学家最高的使命是超越他的时代，这种超越性也就从根本上决定了哲学家所思索的问题并非那些生活琐事。哲学家是人类的精神导师，他们的思想共同为人类生存规划着未来的蓝图。西方人要倍加感恩古希腊的先哲苏格拉底、柏拉图和亚里士多德，而中国人则要由衷敬仰老子、孔子、孟子和庄子这些伟大的思想家。正是因为他们的发现，才使人类更加清醒地认识了世界、了解了自己。

人们对哲学的期待值往往很高，甚至远远超出了哲学所能承受的范围。"人们一而再，再而三地说哲学确实没有进步，我们仍然忙于解决希腊人探讨过的相同的问题。

然而，说这种话的人不懂得哲学为什么不得不如此。原因在于我们的语言没有变化，它不断地诱使人们提出同样的问题。只要继续存在与'吃''喝'等词的功能相同的'是'动词，只要还存在'同一的''真的''假的'等形容词，只要我们继续讲什么时代的河流、辽阔的天空，等等，大家就将不断被相同的疑难问题所困惑，凝视着一切无法解释清楚的事物。"是的，正像维特根斯坦所说的那样，世上只要还存在生与死、饥与饱、冷与暖、穷与富等问题，哲学的进步就不会让人觉得很明显。可是我们必须承认，哲学虽然不能具体解决这些问题，但它提供给人们的如何正视这些问题，以及在面对这些问题时所应采取的态度却是不可缺少的。精神的力量有时比物质的东西显得更为重要。

有史以来，不论自觉与否，人类一直走在追求真理的道路上。追求真理需要辨别是非、洞悉事物，由此便产生了一种叫辩证法的东西，西方人依靠这个东西建立起较为系统的形而上学的哲学体系。从古代的柏拉图和亚里士多德，到近代的黑格尔以及后继者，西方人运用辩证思维探索真理问题可谓执着坚韧、不遗余力，但他们研究过来，研究过去，通常都是在理论思维或理论哲学上兜圈子，而不是从实践思维或实践哲学上求突破，结果让辩证思维陷入一种面对复杂的矛盾对象而茫然无解和束手无策的窘境。自然无限，生命无穷，实践无尽，人类怎么可能在漠视活生生生命活动的条件下实现自己对真理的追求呢？辩证思维唯有冲破理论思维的束缚，跨入实践思维的新路，在二者的有机结合中，才有希望捕捉真理的光辉。哲学思维的价值是在面对鲜活生命时显露出来的。个体生命的有限性与整体生存的无限性之间的矛盾是哲学思维需要解答的核心问题，解答这一生命之问也是哲学的终极使命。哲学思维，只有当它成其为生命辩证法的时候才有意义、才有价值，因为神圣的生命高于一切。生命常青，矛盾常在，生命始终处在矛盾的过程之中。哲学思维的高明之处在于，既使生命呈现出有限和无限的矛盾张力，又使哲学表现为现实和永恒的关系弹性。哲学思维与生命实践的持续渗透与碰撞，使人类社会八音迭奏、烟霞蒸腾，群星璀璨、蔚为大观。

哲学思维的本能是对问题的敏感。如果说，科学注重的是观察、实验和归纳思维，艺术注重的是想象力和形象思维，神学注重的是天启、信仰和演绎思维，那么，哲学注重的则是人生境界和辩证思维。哲学既把问题视为知己，又把问题当作对手。哲学作为人类超越自我的精神工具，它最大的喜好是探寻未知。哲学的目标追求是什么呢？概言之，就是着眼未知、亲近终极；哲学的个性特征是什么呢？一言以蔽之，就是始终追问、永不知足。维特根斯坦指出："对于哲学家来说，下到愚蠢的山谷比登上荒芜的聪明高峰能有更多成长着的青草。"亚里士多德把哲学看成是："一种考察作为存在的存在，以及就自身而言依存于它们的东西的科学。它不同于任何一种各部类的科学，因为没有任何别的科学普遍地研究存在的存在，而是从存在中切取一部分，研究这一部分的偶性，例如数学科学。"哲学这门学问不求也没有任何功利，它以"沉思"为最高的生活追求，哲学家往往因为精神的富有，而成为世上最自由的人。在黑格尔的观念里："人之所以为人，全凭他的思维在起作用。"因此说："哲学可以定义为对于事物的思维着的考察。""而在哲学史里，我们所了解的运动乃是自由思想的活动，它是思想世界理智世界如何兴起如何产生的历史。"

哲学思维，从本质上说，就是面对问题而立、奔着问题而去的一种思想的学问，就是作为有限存在的人类，对于无限超越进行不懈追求的一种精神武器。

哲学之开放个性

哲学思维面向未来，呈现出开放的个性。哲学思维最爱刨根问底。它呈现出的是一种"圆周运动"的轨迹，始终围绕着一些永恒无解的难题，尝试着一种又一种不同的解答方式。在神话时代，神替人解释一切安排一切。神话衰落，哲学勃兴，人要靠自己来解释和安排一切，可世界远比人类想象的要复杂得多。面对诡异的自然，人类的智慧显得是那么苍白无力。人处身于自然的物质世界与现实的生活世界之中，充满着矛盾和纠结。对现实的本然世界，人需要学会像动物一样适应生存；对理想的应然世界，人的精神超越性又迫使自己不停地去追问究竟。哲学面对的既是"自在"又是"为我"的两重性世界，这就决定了它是一种独特的兼具追求"本然"之"真"和"应然"之"善"的思考方式。

哲学家张世英认为，哲学是一门万有相通的学问，可说是抓住了哲学的精髓。何谓万有相通呢？张世英推论：

> 宇宙是一大相互联系的网络整体，任何一物（包括一人一事），都是这一大互联网上的一个交叉点，一方面每个交叉点都因其所处交叉地位（时间点和空间点）、交叉方式之不同而各有各自的特性。就人来说，每个人都有自己独特的自我性；另一方面，每物又都不能脱离他者而独存，其他万物都与之有或近或远、或直接或间接、或强或弱的依存关系，这些互联关系构成每物之生成因素，这也就是说，个体与天地万物融通为一体，我称之为"万有相通"。

如何万有相通呢？张世英继之明示："'万有相通'之'相通'，不是就离开人心的物自身而言的，若无人心，则天地万物是无意义的黑漆一团，谈不上有意义的相通。王阳明说：'人心一点灵明'是万有一体的'发窍之最精处'。万有因人而相通：因人而有真假，因人而有善恶，因人而有美丑，'万有相通'之'相通'，乃是随着人的知识、道德意识、审美意识之逐步前进而不断深化，直至进入审美之最高层次——'显隐美'的诗意境界，人的精神就算达到了最高的万有相通之境，成为席勒所说的'充分自由的人''完全的人'。"哲学导引"万有相通"之路，经由"原始的天人合一"（缺乏独立的自我意识）到"前主客关系的天人合一"（凸显自我的主体性），再到"后主客关系的天人合一"（意识自我而又超越自我并与他者融通为一），使人类不断走向未来的理想目标。自古至今，人与物，物与物相通的程度不同，人类对其的认识和把握的程度亦有不同，但毫无疑问，人类一直行进在和宇宙自然"万有相通"的路上，它因客观规律而改变，而不以人的意志为转移。也许，依托哲学这把神奇的钥匙，我们才能真正打开走向"万有相通"这一理想目标的大门。

法国哲学家柏格森从哲学范畴理解"意义"的内涵，并认为它"是一种思想的运动"。"思想的运动"何尝不是"哲学的运动"？柏格森的观点令人警醒，发人深思：

在语词之上，在语句之上，有着某种甚至比一句话、一个词还要简洁的东西：意义，不是一种思的事物，而毋宁是一种思想的运动，与其说是一种运动，毋宁说是一种趋势。……哲学家不是从预先存在的观念出发；我们顶多可以说他抵达了这些观念。当哲学家抵达这些观念时，某个观念就这样被引入到他的精神运动之中，获得了新的生命，如同一个语词，一旦从某个语句接受了意义，就不再是语词之前的状态，不再处在盘旋之外。

"使精神简洁的努力是一种巨大的诱惑。"维特根斯坦的观点似乎与柏格森有某些相同之处。维特根斯坦风趣横生：

哲学家的行为经常与小孩的行为差不多。小孩在一张纸上胡写乱涂后问大人："这是什么?"——事情经过是这样的：大人曾几次给小孩画图画，然后说："这是一个人"，"这是一幢房子"，等等。后来小孩也涂画了一些线条，问道："那么这是什么?"

大哲学家并不把哲学看得多么神秘，多么不近人情：

我认为，我的话总结了我对哲学的态度：哲学确实只应该作为诗文来写。似乎对我来说，不管我的思想属于现在、将来或者过去，如此获得哲学是一定可能的。因为这样做的话，我就能揭示我自己，而不像有的人不能随意地尽其所能去活动。

讲哲学，自然联想到科学。哲学与科学似乎是人类手中两种比较得意的工具，但二者的角色又完全不同。了解二者的差异，我们有必要借用柏格森的观点，因为他对这一问题的分析真正切中了要害。柏格森指出："哲学与科学，乃是两种不同的认识方式，经验总是在两种不同的形态下呈现给我们：一方面是在事实的形式之下与其他的事实并列，这些事实不断重复，可以测量，从而最终在多样性和空间的方向上展开；另一方面，则是以某种相互渗透的形式，乃是纯粹的绵延，拒绝固定的法则，无法量化。在这两种情况中，经验都意味着意识；但是，在第一种情况中，意识朝外绽放，意识逐渐知觉到外在的事物，在这个意义上，意识相对于自身不断外在化；在第二种情况中，意识返回到自身，重新把握自身，深入自身。"柏格森认为，哲学与科学的追求和使命不同，它们一个更多地追求信仰，一个更多地追求实际。科学往往"对自然采取一种不信任和斗争的态度。与之相反，哲学家把自然视为伙伴。科学的规则，也就是由培根所提出的规则：服从自然，从而命令自然。哲学家既不服从，也不命令；他寻求的是同情自然"。"哲学的本质就是一种纯朴的精神。当我们面对哲学精神本身及其产物，当我们将哲学与科学进行比较，或者将某种哲学与其他哲学相比较，我们总是发现，复杂只是表面现象，建构只是装饰，综合仅仅是表相：哲思是一种简洁的行动。"在哲学与科学之间，哲学的地位究竟如何呢？海德格尔言之凿凿："哲学既不能以历史学为基础，也即不能以历史科学为基础，一般地也不能以一门科学为基础。因为每一门科学都依据于这样一些前提，它们决不

171

能以科学方式得到论证，相反很可能是在哲学上可证明的。一切科学皆奠基于哲学，而不是相反。"

哲学自诞生那一天起，就承载着人类渴求超越自身有限性而通达无限自由之境界的最高理想。一方面，人类的思辨理性使之必然产生这样的理想；另一方面，人类的有限能力又使之不可能现实地成就这一理想。虽然无法实现，但又不可能不去追求，哲学就诞生于这个"悖论"之中。人类无论如何也逃避不了这样一种终极困惑：在有限与无限、现实与理想、此岸与彼岸、暂时与永恒之间，始终横亘着一道不可逾越的鸿沟。人类的高贵之处恰恰在于，不论困难多少，不管结果如何，也愿不遗余力地运用哲学思想这个工具去为信仰中的明天鸣锣开道。正是因为哲学问题没有终极答案、没有范围限制，所以，它是一门始终求真开放、永远不会过时的学问。与其说这是哲学的幸运和魅力，不如说这是人类的机会和荣幸。

自古以来，哲学这个怪物到底迷倒了多少人，究竟拯救了多少人，谁能说得清楚？

哲学很天真。儿童不懂哲学，哲学偏偏最喜欢与儿童对话，并且最热衷于倾听儿童的心语。

哲学很浪漫。它不是让人梦想成真，就是使人异想天开。哲学略施魔法，便能在人们困顿无解之际，独辟蹊径，把希望送到眼前，将出路铺在脚下。

哲学很古怪。它与普通的人很友好、很亲近，但对那些所谓高智商者或自命不凡者却从不客气。在哲学这位长者面前，哪怕再高傲的人，经过几番较量以后，也得低下他那庸常的头颅。

谈逻辑

逻辑，是一个既很熟悉又很陌生的概念。

逻辑，是一个既很有用又很有趣的东西。

逻辑形式、规律和方法贯穿于人类思维活动的始终。逻辑思维，是人类独有的应对变幻莫测的外部世界的思想武器。它惯于在不动声色中展开，乐于在默默无闻中付出。许多人虽然没有学过逻辑，但在长期生产、生活实践中，通过各种途径，也可以自发地掌握并运用相应的逻辑知识，使自己的思维及行为符合常理。

可贵的智慧之果，产生于灿烂的逻辑之花。逻辑，根植于人类思维的沃土，游弋于人类生活的海洋。每当人们进行思考或表达思想时，都会有意无意地运用思维推理、借用逻辑力量去展示聪明才智。立身现实，每个人都要思考、推理、论证，都要运用逻辑思维进行分析、比较、抽象、概括，由此及彼、由表及里、去粗取精、去伪存真，以求认识事物的本来面目，抓住事物的本质特征。

逻辑思维与人类为伍，如影随形、寸步不离。逻辑思维活动渗透在社会生活的每个细节和各个角落。比如说话，根据不同的场合，说话的措辞、口气都有一个如何选择的问题；再如写作，根据不同的主题，行文的主次、详略都有一个如何把握的问题；另如做事，根据不同的要求，落实的标准、时限都有一个如何安排的问题。以上这些，皆与逻辑思维能力息息相关。

谈逻辑，必然涉及哲学。哲学是关于世界观和方法论的学问，哲学的基本问题是思维和存在的关系问题。逻辑是思维的规律和规则，是人类从已知获取未知的工具。任何一门学问，都必须运用逻辑、符合逻辑，而不可违背逻辑。逻辑学是哲学的分支，又是哲学的基础。因为逻辑学本身就代表了人类思维的逻辑模式。依靠逻辑学，哲学理论得到检验，不然，哲学的存在还有什么意义呢？

我们是不是可以说，哲学的任务是帮助人们在现实不确定的情况下如何生活下去，而逻辑的任务则是帮助人们在寻求现实不确定性原因的前提下如何更好地生活下去；哲学思维的任务是帮助人们用发展的眼光去看待世界，做一个理想的人，而逻辑思维的任务则是教导人们用辩证的头脑去认识世界，做一个明白的人。

逻辑，在马克思主义唯物辩证法思想体系中，是与辩证法和认识论并列的"三同一"的学问。列宁认为，辩证法是认识论，而逻辑学就是辩证法。毛泽东将逻辑看作

"一门独立的学问"，并且号召"大家都要学一点"。

逻辑是有作用的，也是有力量的，更是有魅力的。这是因为它钟情真理的召唤。逻辑作为认识的方法和基础，它的使命就是引导人们在不断认识真理中走向真理。虽然其过程是无限的，但意义却是非凡的。

谈逻辑很难，原因在于逻辑学博大精深，是一门既古老又年轻的学问。谈逻辑，不能只在诸如概念、判断、推理等理论圈子里打转转，而应从我们所生活的现实世界，从我们所从事的为争取人民幸福、民族复兴、国家富强不懈奋斗的伟大实践探索中，去洞悉其理论要义，开掘其价值内涵。并且以此延伸，更清醒地认识规律，更坚定地迈向真理；更深刻地理解世界，更自信地投身生活。

为便于更通俗、更直观地认识逻辑，我们就以党的十九大报告提出的"三个逻辑"为基点，以习近平新时代中国特色社会主义思想为主线，展开解说。

学习十九大报告，我们都有一个共同的感受，即它所描绘的宏伟蓝图既激动人心，又催人奋进。报告不仅激励着国人的斗志，而且牵动着世人的眼光。

十九大报告纵横古今、放眼世界，具有无比强大的震撼力和感召力，关键在于它传承弘扬了马克思主义唯物史观的真理力量，关键在于它沐浴着习近平新时代中国特色社会主义思想的逻辑魅力。

习近平指出："中国特色社会主义政治发展道路，是近代以来中国人民长期奋斗历史逻辑、理论逻辑、实践逻辑的必然结果，是坚持党的本质属性、践行党的根本宗旨的必然要求。"

请注意，"三个逻辑"高屋建瓴、酣畅淋漓，为我们描绘出一幅内隐规律、外显伟姿的壮丽图景。它让我们充满期待，更让我们无限向往。

"变"与"守"，认识新时代鲜明的历史逻辑

"守正出新"，道出了一种辩证统一的哲学观，或者说是文明演进的历史观。

中华民族5000年的文明史，中国共产党近百年的奋斗史，无不充分彰显了"守正"和"出新"的哲学。在历史变革和时代变迁中，我们的民族我们的党并没有墨守成规、陷于僵化，也没有盲目创新、不讲传承，而是在坚守正道、继承传统的基础上，勇于创新、善于变通，在不懈奋斗中砥砺前行。《大学》中有句话给我们揭示了其中的谜底："苟日新，日日新，又日新。"意思就是如果能每天除旧更新，就要天天除旧更新，不间断地更新又更新。

历史观和时代观是人们对社会历史所处时代的根本观点、总的看法。哲学是时代精神的精华，也即变与不变的逻辑辩证法。党的十九大顺应时代前进潮流，准确地把握发展大势，庄重宣告："中国特色社会主义进入了新时代。"

进入新时代，是对时代发展规律的哲学把握，其中蕴含着变与守的逻辑规律。明者因时而变，知者随事而制。该变的思想、观念、体制、机制必须随着新时代的到来随机应变、与时俱进，该守的初心、道路、价值、使命必须坚定不移、一以贯之。

习近平总书记指出："中国是一个大国，决不能在根本性问题上出现颠覆性错误，一旦出现就无法挽回、无法弥补。"

在十九大报告中，习近平总书记强调："中国特色社会主义最本质的特征是中国共产党领导，中国特色社会主义制度的最大优势是中国共产党领导。""两个最"阐明了党的领导的必然性、重要性和优越性，这是历史和人民的选择，是基于制度自信得出的科学结论，也是道路自信、理论自信、文化自信的集中体现。要说守正，这才是最根本的所在。

中国特色社会主义进入了新时代：

这一重大政治判断，精辟概括了当代中国发展变革的阶段性特征，科学把握了我国发展新的历史方位，准确标定了中国特色社会主义航船前行的时代坐标。

这一重大政治判断，符合实际、顺应潮流，既是国家进步状态、民族奋斗成果的历史总结，也是谋划未来发展、开拓光明前景的战略部署。

新时代的历史逻辑，十九大报告用"三个意味着"给予了深刻揭示："中国特色社会主义进入新时代，意味着近代以来久经磨难的中华民族迎来了从站起来、富起来到强起来的伟大飞跃，迎来了实现中华民族伟大复兴的光明前景；意味着科学社会主义在二十一世纪的中国焕发出强大生机活力，在世界上高高举起了中国特色社会主义伟大旗帜；意味着中国特色社会主义道路、理论、制度、文化不断发展，拓展了发展中国家走向现代化的途径，给世界上那些既希望加快发展又希望保持自身独立性的国家和民族提供了全新选择，为解决人类问题贡献了中国智慧和中国方案。"

"三个意味着"从历史和现实、理论和实践、中国和世界相结合的维度，深刻阐明了新时代这一判断深远的历史意义、政治意义和世界意义。

新时代继往开来、守正出新，变的是方位，不变的是使命；变的是矛盾，不变的是发展。十九大报告运用马克思主义的基本原理，提出了"一变两不变"的重大论断。即"中国特色社会主义进入新时代，我国社会主要矛盾已经转化为人民日益增长的美好生活需要和不平衡不充分的发展之间的矛盾"，"我国社会主要矛盾的变化，没有改变我们对我国社会主义所处历史阶段的判断，我国仍处于并将长期处于社会主义初级阶段的基本国情没有变，我国是世界最大发展中国家的国际地位没有变"。

"一变"，这是一个关系全局的历史性判断。一方面，经过长期奋斗和不懈努力，久经磨难的中华民族迎来了从站起来、富起来到强起来的伟大历史性飞跃。经过改革开放 40 余年的发展，人民生活发生了翻天覆地的变化，人民对美好生活提出了更广泛的需求、更强烈的向往。另一方面，我国社会生产力水平显著提升，生产力落后的判断已经不符合我国发展的现实情况，更加突出的则是发展不平衡不充分的问题。主要矛盾决定中心任务，新时代我国社会主要矛盾的变化对党和国家工作提出了新任务新要求，就是要着力解决发展不平衡不充分问题，在这一历史进程中，中国社会面临的变革将空前剧烈迅猛，遇到的挑战将异常复杂艰巨。对此，必须做好充分的思想准备。

"两不变"，这是一个事关长远的政治性判断。"两不变"深刻提醒我们，要客观冷静、科学准确地清醒认识所处的历史阶段、基本国情与国际地位。目前，尽管我国经济总量已稳居世界第二，但人均水平还不高，只有美国的七分之一左右，排在世界 60 多位。此外，人口、资源、环境的硬约束仍然存在。同时，国际经济形势的不确定性风险依旧，一些重大改革部署尚待落实，等等，发展中还有许多硬骨头要啃，任何掉以轻心都将错失良机。这就要求我们必须牢牢把握社会主义初级阶段这个基本国情和最大实际，坚持"一个中心、两个基本点"党的基本路线不动摇，以永不懈怠的精神状态夺取新时代中国特色社会主义伟大胜利。

《周易·系辞下》云："穷则变，变则通，通则久。"要求我们遇事要以"变"应"时"，"变"中求"通"，进而把握"变"中"不变"的主动权。

如果从中国传统哲学的角度，以时间和空间的立体视域观照社会历史发展进程，我们会发现，它呈现出来的是一种"螺旋式上升型"模式。

如果从马克思主义哲学的角度，以存在论为前提的认识论辩证逻辑把握历史发展规律，它呈现出来的是一种"开放式演进型"模式。

两种模式大同小异，给我们展开的都是人类社会历史发展"圆圆相套、环环提升"的壮丽图景。

十九大报告和习近平新时代中国特色社会主义思想正是对这种历史逻辑规律最深刻的表达。

"破"与"立"，认识新思想深邃的理论逻辑

时代是思想之母，实践是理论之源。

新时代催生新思想，新思想引领新实践。

社会大变革的时代，一定是理论大发展的时代。时代的变革和实践的发展，孕育着思想和理论的伟大创造。

恩格斯指出："历史从哪里开始，思想进程也应当从哪里开始。"

习近平新时代中国特色社会主义思想正是当今时代中

国精神和社会愿景的准确把握和精确表达，也是中国共产党和中国人民实践经验和集体智慧的结晶。

事业上的发展进步，需要理论上的与时俱进。

马克思指出："辩证法对每一种既成的形式都是从不断的运动中，因而也是从它的暂时性方面去理解；辩证法不崇拜任何东西，按其本质来说，它是批判的和革命的。"

1959年，毛泽东亦讲过一句意味深长的话：不如马克思，不是马克思主义者；等于马克思，不是马克思主义者；只有超越马克思，才是马克思主义者。

这种超越思想，既展现了马克思主义者勇于创新的精神面貌，又体现出中国共产党人敢于突破的理论品格。

习近平新时代中国特色社会主义思想直面"时代之问"。

马克思说："问题就是时代的口号，是它表现自己精神状态的最实际的呼声"，是"左右一切个人的时代声音"。马克思把"问题""呼声""时代"三者联系起来,实质上是揭示出了"矛盾"—"问题"—"呼声"(任务)—"时代"的内在逻辑联系。

问题是时代的声音。进入新时代，我们党究竟是要坚持和发展什么样的中国特色社会主义，怎么样坚持和发展中国特色社会主义，这就是习近平新时代中国特色社会主义思想必须回答的"时代之问"。

继往开来的历史关口，亟待揭开破旧立新的改革新局。

站在时代的前沿，习近平新时代中国特色社会主义思想科学而深刻、系统而全面地回答了这一"时代之问"。

习近平新时代中国特色社会主义思想站在时代制高点上，从理论上对"中国经验""中国模式""中国道路"进行新概括，把对共产党执政规律、社会主义建设规律、人类社会发展规律的认识推向新的高度，为中国未来发展定位、定向、定策、定纲，具有重大的政治意义、理论意义、实践意义和历史意义。

习近平新时代中国特色社会主义思想的精神实质和丰富内涵集中体现在十九大报告中的"八个明确"和"十四个坚持"上。

习近平新时代中国特色社会主义思想没有丢掉马克思主义"老祖宗"，也没有丢掉中华传统文化和革命文化、社会主义先进文化的"根脉"，而是使我们的"老祖宗"、我们的"根脉"在当今中国愈益焕发出真理的光芒、文明的光芒，使我们底气更足了，力量更强大了。这恰恰正是习近平新时代中国特色社会主义思想的独特魅力和独特优势所在。

习近平新时代中国特色社会主义思想铸就"时代之魂"。

哲学是"人类文明的活的灵魂"。毛泽东说："不破不立"，"破字当头，立也就在其中了"。习近平新时代中国特色社会主义思想在回答和破解"时代之问"中应运而生，是名副其实的马克思哲学思想中国化的最新理论成果。

中国特色社会主义进入新时代，鲜明地标注着它"从哪里来、到哪里去、要做什么、为谁而做"的时代方位。习近平新时代中国特色社会主义思想让新时代的伟大国度顶天立地，让新时代的伟大民族气定神闲。

习近平新时代中国特色社会主义思想以"举旗开新"，标定党的时代方位，"是承前启后、继往开来、在新的历史条件下继续夺取中国特色社会主义伟大胜利的时代"。

习近平新时代中国特色社会主义思想以"决胜图强"，标定国家的时代方位，"是决胜全面建成小康社会、进而全面建设社会主义现代化强国的时代"。

习近平新时代中国特色社会主义思想以"奋斗共富"，标定人民的时代方位，"是全国各族人民团结奋斗、不断创造美好生活、逐步实现全体人民共同富裕的时代"。

习近平新时代中国特色社会主义思想以"复兴圆梦"，标定民族的时代方位，"是全体中华儿女勠力同心、奋力实现中华民族伟大复兴中国梦的时代"。

习近平新时代中国特色社会主义思想以"贡献人类"，标定世界的时代方位，"是我国日益走近世界舞台中央、不断为人类作出更大贡献的时代"。

习近平新时代中国特色社会主义思想深邃的"时代之魂"展现的"真理之光"，照亮整个中华民族走向繁荣富强的伟大征程，党的十九大注定是中国共产党和中华民族的再出发。领袖的英明与党的伟大必将带来国家的繁荣昌盛，转化成人民的美好生活，这个理论也是现实的逻辑亦将深刻影响我们所有人的人生。

习近平新时代中国特色社会主义思想高举"时代之旗"。

这一时代之旗是"奋斗之旗",是"斗争之旗",是"革命之旗"。

谈到"奋斗",毛泽东曾经说过:"与天奋斗,其乐无穷;与地奋斗,其乐无穷;与人奋斗,其乐无穷。"

其言至简至真。试想,没有奋斗,人类能躲过自然灾害的侵袭吗?没有奋斗,人民能成为掌握自己命运的主人吗?没有奋斗,我们能赢得社会文明的进步吗?

奋斗,是历史真相的写照,是人民情怀的写照,是革命精神的写照,是建设精神的写照,也是改革精神的写照。

"奋斗"就是"斗争",就是"革命"。

我们一直进行的是一场伟大的斗争。

习近平新时代中国特色社会主义思想在斗争中生长、在斗争中成熟、在斗争中强大。

进行伟大斗争,我们理直气壮。国际外交斗争有理有据有节。"南海岛礁建设积极推进"一句话看似一笔带过,实则重若千钧。它既是伟大斗争的具体体现,又是伟大斗争的辉煌战果。另外,政治、经济、文化等多条战线没有硝烟的战争也是斗争。正是在这些错综复杂的斗争的洗礼和考验中,我们的党、我们的国家才日益强大和自信起来。

进行伟大斗争,我们义无反顾。国内矛盾斗争有张有弛有序。"应对重大挑战、抵御重大风险、克服重大阻力、解决重大矛盾，必须进行具有许多新的历史特点的伟大斗争。"这些斗争躲不开、绕不过，在实现中华民族伟大复兴的历史征程上，一个个壕沟需要跨过，一座座堡垒需要攻克。不论它是"地雷阵"，还是"火焰山"，都挡不住用习近平新时代中国特色社会主义思想武装起来的中国共产党人前进的步伐。因为真理在手，所以一往无前；因为理想寄托，所以在所不辞。

我们一直进行的是一场伟大的革命。

习近平总书记在 2018 年春节团拜会上指出："我们要不忘初心、牢记使命，继续以逢山开路、遇水架桥的开拓精神，开新局于伟大的社会革命，强体魄于伟大的自我革命，在我们广袤的国土上继续书写 13 亿多中国人民伟大奋斗的历史新篇章！"

在习近平总书记讲话的字里行间，有"硬气""底气"，更有"正气""豪气"。在这振聋发聩、豪情万丈的言语中，昭示出一位无产阶级政党领袖无私无畏的革命精神和必胜信念。

讲话提到一个"社会革命"和一个"自我革命"，"两个革命"相辅相成，讲的都是"破"与"立"的问题。"破"，就是要坚决破除一切不合时宜的观念、做法和体制机制障碍，持之以恒将改革进行到底；"立"，就是要坚持用马克思主义的立场、观点和方法，立足当下、谋划长远，兴利除弊、促进发展。

我们的"社会革命"，针对根深蒂固的社会问题，总要动一些人的奶酪，肯定有人会抵触；我们的"自我革命"，针对积习已久的党内问题，总要断一些人的念头，肯定有人会捣乱。但"两个革命"是时代的主题，是人民的心声。旗帜高擎，梦想就在前头；旗帜所向，幸福将成现实。

习近平新时代中国特色社会主义思想高擎的"时代之旗"是奋斗之旗、斗争之旗、革命之旗，也是信仰之旗、宗旨之旗、胜利之旗。

2015 年 9 月，习近平在美国西雅图会见中美互联网论坛主要代表。总市值超 2.5 万亿美元的美国十大科技公司首席执行官悉数到场。苹果公司首席执行官库克对此印象深刻，他对记者说："当时你们感到房间在震动了吗?"

让人们震动的，不仅是一个大国的和平崛起，更是一条独特的现代化事业勃兴之路，一种社会制度的力量。

"剧是必须从序幕开始的，但序幕还不是高潮。中国的革命是伟大的，但革命以后的路程更长，工作更伟大，更艰苦。"1949 年，共和国的缔造者眺望美好未来，以此砥砺全党和全国人民。

"我们走中国特色社会主义道路，具有无比广阔的时代舞台，具有无比深厚的历史底蕴，具有无比强大的前进定力。"2017 年，新时代的开创者为中国道路找到了深厚的历史根源，也为民族复兴提供了强大的信心支撑。

凡是过去，皆为序章。

大幕刚刚拉开，好戏还在后头。

"始"与"终"，认识新使命强烈的实践逻辑

梦想呼唤责任，时代赋予使命。

思想在星空闪耀，是因为实践释放的能量。

使命在彼岸召唤，是因为民族拥怀的梦想。

使命天成，与生俱来。

《诗经·大雅》有言："靡不有初，鲜克有终。"意思是做人做事，没有人不肯善始，但很少有人能善终。

"为天地立心，为生民立命，为往圣继绝学，为万世开太平"，乃中华民族自古以来的文化使命。

实现伟大复兴是天降之大任、民族之夙愿，共产党人使命在肩、责无旁贷、义不容辞。

十九大报告开宗明义："不忘初心，牢记使命。"

这个初心和使命就是为中国人民谋幸福，为中华民族谋复兴。

这个初心和使命就是要永远与人民同呼吸、共命运、心连心。

在第十九届中共中央政治局常委同中外记者见面会上，习近平总书记铿锵宣示："我们要牢记人民对美好生活的向往就是我们的奋斗目标。"

党的十九大刚闭幕，习近平同志就带领中共中央政治局常委瞻仰中共一大会址和浙江嘉兴南湖红船，回望传统，

解读初心，告诫全党同志："必须坚持全心全意为人民服务的根本宗旨，不断带领人民创造更加幸福美好的生活；牢记共产主义远大理想，坚定中国特色社会主义共同理想，一步一个脚印向着美好未来和最高理想前进；始终保持谦虚谨慎、不骄不躁的作风，不畏艰难、不怕牺牲，为实现'两个一百年'奋斗目标、实现中华民族伟大复兴的中国梦而不懈奋斗。"

使命崇高，人民至上。

"为什么人的问题，是检验一个政党、一个政权性质的试金石"，也是洞察历史和人民为什么选择中国共产党引领复兴之路的一个密钥。

我们党自诞生之日起，就把坚持人民利益高于一切写在自己的旗帜上，把全心全意为人民服务作为根本宗旨。

我们党领导人民干革命、搞建设、抓改革，就是为了让人民过上好日子。

博大宽厚的人民情怀，是中国共产党的立党之本、执政之基。

对于中国共产党来说，"人民"是最核心最根本的哲学命题，也是接续奋斗的永恒坐标。

一个将人民置于最高位置的政党必将力量无穷，一个珍视人民权益的国度必将兴旺发达。

以史为鉴，殷鉴历历在目。历史上多少王朝更迭，其兴也勃焉，其亡也忽焉。究其原因，就是初心易得、始终难守。

1945 年，在延安窑洞，毛泽东同志和黄炎培先生进行了一段关于历史周期律的著名对话，坚信中国共产党一定能够跳出历史周期律，破解这一兴衰治乱的历史性命题。

堡垒最易从内部攻破，真正能打倒我们的只有我们自己。

慎终如始，希望朗朗在前。行百里者半九十。一方面，"今天，我们比历史上任何时期都更接近中华民族伟大复兴的目标，比历史上任何时期都更有信心、有能力实现这个目标"。另一方面，中华民族伟大复兴，绝不是轻轻松松、敲锣打鼓就能实现的，全党必须准备付出更为艰巨、更为艰苦的努力。

使命不止，斗争不息。

"必须准备进行具有许多新的历史特点的伟大斗争"，这是习近平主持起草党的十八大报告时，坚持要写进去的一句意蕴极为丰富、意义极为重大的话。

事非经过不知难。十八大以来，它不仅通过我们党带领人民的伟大实践得以验证，而且已经转化为整个中国社会的一种精神状态。

我们党在进行伟大斗争中成长，在建设伟大工程中壮大，在推进伟大事业中前进，在实现伟大梦想中奋斗，一刻也没有停歇。

我们的斗争是全方位、多领域、深层次的。内政、外交、国防，矛盾无时不有，斗争无处不在。其中，有激流险滩，也有明枪暗箭，在大国迈向强国的阶段，斗争比以往任何时候都更加剧烈、更加尖锐。应对各类风险和挑战、各种矛盾和阻力，我们必须立定决心、迎难而上，敢于斗争、善于斗争，既把握原则性，又注重灵活性，以大智大勇消难祛祸。

"四个伟大"特别提振士气，鼓舞人心。可以说，"四个伟大"是新时代最光荣的任务、最宏伟的目标、最伟大的实践、最壮丽的事业。我们只有万众一心，凝神聚力，积极投身"四个伟大"的实践之中，才能将新时代赋予的神圣使命变成现实。

新使命不仅胸怀祖国，而且放眼世界。"中国共产党是为中国人民谋幸福的政党，也是为人类进步事业而奋斗的政党。中国共产党始终把为人类做出新的更大的贡献作为自己的使命。"

双重使命相互融合、彼此协调，既充分说明党的十九大深化了对党的本质的认识，又充分表现出我们这个大国大党的文化使命、政治抱负和国际责任，即争取为人类做出更大贡献的担当精神。

21世纪中国的马克思主义一定能够展现出更强大、更有说服力的真理力量、实践力量。

构建人类命运共同体的新理念是这样，"一带一路"的新倡议也是如此。

用卓越的中国智慧传播中国精神，用高超的中国方案输送中国力量，党的十九大提出要"积极促进'一带一路'国际合作"，要"坚持推动构建人类命运共同体"。

与开篇"不忘初心，牢记使命"对应，十九大报告结束讲："大道之行，天下为公"，首尾相合，圆意归道，其中自有深意。习近平总书记给我们勾勒的与其说是一个神圣的圆，不如说是一个伟大的梦。

"大道"乃儒家所追求的社会政治理想或治理社会的最高准则，就是中国人所熟知的"大同"理想。《礼记》对这一理想社会的特征做了具体描述：

> 大道之行也，天下为公。选贤与能，讲信修睦。故人不独亲其亲，不独子其子，使老有所终，壮有所用，幼有所长，矜、寡、孤、独、废疾者皆有所养。男有分，女有归。货，恶其弃于地也，不必藏于己；力，恶其不出于身也，不必为己。是故谋闭而不兴，盗窃乱贼而不作，故外户而不闭。是谓大同。

其意是在大道施行的时候，天下是人们所共有的，要把贤能之人选拔出来，人人都能受到社会的关爱，人人都能安居乐业，人人都珍惜劳动成果，达到"夜不闭户，路不拾遗"的理想境界。

自先秦以来，"天下大同"便是中国思想家和政治家崇高而博大的政治理想、道德情怀和价值信仰。

《大学》中说："物有本末，事有终始。知所先后,则近道矣。"这个"道"，就是"天下大同"之道，就是从"小康"走向"大同"之道。

"天下大同"的美好愿景，并非凭空虚设的空洞理想，也不可能跨越时空一蹴而就，它需要一代又一代人的接续奋斗。

"大道"通天下，"为公"赢人心。中国人希望能够循序渐进，而使天下的人都能够同进于大道，共臻于大同，并为此贡献"中国智慧""中国方案"。高举人类命运共同体的旗帜，深入推进"一带一路"建设，让中国与各国同声相应、同气相求、同难相济、同道相成，世界必将迎来一个更加光明的未来。

习近平总书记指出："让和平的薪火代代相传，让发展的动力源源不断，让文明的光芒熠熠生辉，是各国人民的期待，也是我们这一代政治家应有的担当。"

习近平总书记的倡议得到了广泛好评：

联合国秘书长古特雷斯说："中国已成为多边主义的重要支柱，而我们践行多边主义的目的，就是要建立人类命运共同体。"

法国前总理德维尔潘说："在我看来，人类命运共同体的重要内涵就是全世界范围内的和平与发展。"

巴基斯坦前总理阿齐兹说："构建人类命运共同体的核心是人，人们无论来自何地，从事何种职业，教育程度如何，都应该获得发展和进步。这是个充满智慧的提议。"

在习近平新时代中国特色社会主义思想指引下，中国将坚持和平、发展、合作、共赢基本原则，秉承"美美与共，天下大同"的传统美德，因势利导、积极作为，让世界各国人民在荣辱与共的携手奋斗中都能梦想成真。

要说实践逻辑，追求善始善终，这就是中国共产党最自豪、最强大的实践逻辑。

习近平新时代中国特色社会主义思想建构在历史逻辑、理论逻辑、实践逻辑基础之上，它们相互支撑、彼此作用，其中显示出来的科学规律、真理力量和逻辑魅力将不断引领中国和世界走向辉煌。

"天若有情天亦老，人间正道是沧桑。"巨人的脚步是不能阻挡也是根本阻挡不了的。

秉持"三个逻辑"，新时代让我们凯歌高奏，新思想让我们目光如炬，新使命让我们行稳至远。

参考文献

[1] 毛泽东.毛泽东选集:第一卷[M].北京:人民出版社,1991.

[2] 毛泽东.毛泽东选集:第三卷[M].北京:人民出版社,1991.

[3] 毛泽东.毛泽东选集:第五卷[M].北京:人民出版社,1977.

[4] 邓小平.邓小平文选:第一卷[M].北京:人民出版社,1994.

[5] 邓小平.邓小平文选:第二卷[M].北京:人民出版社,1994.

[6] 邓小平.邓小平文选:第三卷[M].北京:人民出版社,1993.

[7] 习近平.习近平谈治国理政:第一卷[M].北京:外文出版社,2018.

[8] 习近平.习近平谈治国理政:第二卷[M].北京:外文出版社,2017.

[9] 中共中央马克思、恩格斯、列宁、斯大林著作编译局编译.马克思恩格斯全集:第一卷[M].北京:人民出版社,1995.

[10] 中共中央马克思、恩格斯、列宁、斯大林著作编译局编译.马克思恩格斯全集:第二十二卷[M].北京:人民出版社,1995.

[11] 中共中央马克思恩格斯列宁斯大林著作编译局编译.马克思恩格斯选集:第二卷[M].北京:人民出版社,2012.

[12] 中共中央马克思恩格斯列宁斯大林著作编译局编译.马克思恩格斯选集:第四卷[M].北京:人民出版社,2012.

[13] 贺麟.文化与人生[M].上海:上海文艺出版社,2001.

[14] 贺麟.哲学与哲学史论文集[M].北京:商务印书馆,1990.

[15] 张维迎.博弈与社会[M].北京:北京大学出版社,2013.

[16] 马学思.特征论[M].北京:人民出版社,2018.

[17] 马民书.风险论[M].北京:军事科学出版社,2000.

[18] 何怀远.欧洲社会历史观:从古希腊到马克思[M].济南:黄河出版社,1991.

[19] 路德维希·维特根斯坦.文化和价值[M].黄正东,唐少杰,译.北京:北京联合出版公司,2013.

[20] 路德维希·维特根斯坦.文化和价值[M].黄正东,唐少杰,译.南京:译林出版社,2014.

[21] 安东尼·吉登斯.现代性的后果[M].田禾,译.黄平,校.南京:译林出版社,2000.

[22] 维克托·迈尔 – 舍恩伯格,肯尼思·库克耶.大数据时代:生活、工作与思维的大变革[M].盛杨燕,周涛,译.杭州:浙江人民出版社,2013.

[23] 安东尼·吉登斯.失控的世界[M].周红云,译.南昌:江西人民出版社,2001.

[24] 卢梭.社会契约论[M].3 版.何兆武,译.北京:商务印书馆,2003.

[25] 霍尔巴赫.健全的思想:或和超自然观念对立的自然观念[M].王荫庭,译.北京:商务印书馆,1966.

[26] 柏格森.思想与运动[M].邓刚,李成季,译.上海:上海人民出版社,2015.

[27] 约瑟夫·祁雅理.二十世纪法国思潮:从柏格森到莱维 – 斯特劳斯[M].吴永泉,陈京璇,尹大贻,译.北京:商务印书馆,1987.

[28] 托克维尔.旧制度与大革命[M].冯棠,译.桂裕芳,张芝联,校.北京:商务印书馆,1992.

[29] 乌尔里希·贝克.风险社会[M].何博闻,译.南京:译林出版社,2004.

[30] 伊利亚·普利高津,与伊莎贝尔·斯唐热合作.确定性的终结:时间、混沌与新自然法则[M].湛敏,译.张建树,校.上海:上海科技教育出

版社,1998.

[31] 伊·普里戈金,伊·斯唐热.从混沌到有序:人与自然的新对话[M].曾庆宏,沈小峰,译.上海:上海译文出版社,1987.

[32] 石里克.伦理学问题[M].张国珍,赵又春,译.北京:商务印书馆,1997.

[33] 乌尔里希·贝克,约翰内斯·威尔姆斯.自由与资本主义:与著名社会学家乌尔里希·贝克对话[M].路国林,译.杭州:浙江人民出版社,2001.

[34] 海德格尔.海德格尔文集·什么叫思想?[M].孙周兴,译.北京:商务印书馆,2017.

[35] 叔本华.作为意志和表象的世界[M].石冲白,译.杨一之,校.北京:商务印书馆,1982.

[36] 黑格尔.小逻辑[M].贺麟,译.北京:商务印书馆,1980.

[37] 黑格尔.哲学史讲演录:第一卷[M].贺麟,王太庆,译.北京:商务印书馆,1959.

[38] 杜威.哲学的改造[M].许崇清,译.北京:商务印书馆,2011.

[39] 威廉·詹姆士.实用主义:一些旧思想方法的新名称[M].陈羽纶,孙瑞禾,译.北京:商务印书馆,1979.

[40] 弗里德曼.世界又热又平又挤[M].王玮沁,等译.何帆,校.长沙:湖南科学技术出版社,2009.

[41] S.N.艾森斯塔特.反思现代性[M].旷新年,王爱松,译.北京:生活·读书·新知三联书店,2006.

[42] 马可·奥勒留.沉思录[M].何怀宏,译.北京:中央编译出版社,2009.

[43] 亚里士多德.形而上学[M].苗力田,译.北京:中国人民大学出版

社,2003.

[44] 高尔基.论文学[M].孟昌,曹葆华,戈宝权,译.北京:人民文学出版社,1978.

[45] 王国生.努力学习弘扬焦裕禄同志的"三股劲"[N].河南日报,2018-05-14(1).

[46] 逄先知.毛泽东的历史功绩[N].人民日报,2013-12-25(7).

[47] 殷剑锋.把资源配置权还给市场:从十九世纪美国系统性腐败问题谈起[N].中国纪检监察报,2015-03-19(4).

[48] 胡森森.痛打老虎绝非"与虎谋皮":《双重悖论》及其中国答案[N].中国纪检监察报,2015-03-27(7).

[49] 张世英.万有相通的哲学[N].光明日报,2017-06-26(15).

[50] 齐亚德·海德.法国大革命对中国有何启示[N].乔恒,译.环球时报,2013-08-12(6).

[51] 安德鲁·施莱弗,罗伯特·维什尼.腐败问题研究[J].孔雁,译.经济社会体制比较,2012,5:115.

[52] 乌尔里希·贝克.风险社会再思考[J].郗卫东,编译.马克思主义与现实,2002,4:46-51.

[53] 乌尔里希·贝克.风险社会政治学[J].刘宁宁,沈天霄,编译.马克思主义与现实,2005,3:42.

[54] 乌尔里希·贝克.从工业社会到风险社会(上篇):关于人类生存、社会结构和生态启蒙等问题的思考[J].王武龙,编译.马克思主义与现实.2003,3:26-29.

后　记

这辈子，本人最大的爱好是闲暇时读一点书，写一点东西，日子不仅过得充实，而且还颇有滋味。

时光一晃，几十年过去了，自己也已步入退休的行列。可身虽退了，心却没退，似乎隐隐约约地感觉到自己还有些什么该做的事情没有做完。一次整理文稿，眼前突然一亮，原来问题还是出在固有爱好——舞文弄墨的情结上。打开这个"心结"，办法也许很简单，就是将那些多年积存的文稿从箱底里拿出来，让它们走出来透透气、亮亮相。这样做，一方面可以使以往付出的心血和汗水不至于白费；另一方面也可以在与大家的交流中收获一些可贵的意见和建议。这种与人有益、与己舒心的一举两得之事，何乐而不为呢?!

孔子云："学而不思则罔，思而不学则殆。"此言甚为精辟，自己亦始终将它作为人生的座右铭。学则汲取营养，思则输出智慧，此乃人生之两大幸事。人活着，不能愧对光阴，不能辜负好书；不能愧对思想，不能怠慢写作。脑子活起来，笔头动起来，即使前面没有无限风光，未来也定会遇见如画美景。

本书集文十篇，取名《学思十谈》，它们既相对独立，又前后呼应。概括全书的特点，一是思想性。内容表达力图蕴含深刻的思想内涵，文短意丰、言简理明，把大道理讲透，把小道理讲活。写作中，注意运用辩证唯物主义和历史唯物主义的立场、观点和方法举一反三、说理阐释，引导读者理性地研析、认识和把握事物，洞悉真相、明辨是非。二是知识性。书中诸篇力求宽视野、全方位论述所及内容，旁征博引、精研细究，现象中抓特征，本质中寻规律，让读者能够从中有所得、有所获，有所启发、有所借鉴；力求多维度、深层次详解所论观点，正说反推、谈同道异，让读者能够从中有所思、有所悟，有所汲取、有所吸纳。三是可读性。语言上多用口语，力求文字清新自然、直白干脆；把控节奏，使行文抑扬顿挫、朗朗上口；讲究趣味性，使行文化诗入文、化平为奇、亦庄亦谐。结构上，着眼布局的严谨性，突出主旨，理顺脉络，层层递进、步步深入；着眼逻辑的严密性，归纳推理、剖析论证，环环相扣、井井有条。

《学思十谈》成书过程中，赵海刚、宋斌、李晓翚、杨菊芬、王涛、刘涛、夏鹏等同志牺牲许多宝贵的休息时间，帮助打印文稿，付出了辛勤的劳动；郑州大学出版社的李勇军、孙精精从本书的选题、编校到出版不遗余力，给予悉心指导，在此，一并向他们表示由衷的感谢！不知道我这本小书是否有用，但起码每一篇都饱含着真诚和真情。自己所能做的，就是开掘知识储备，反复推敲润色，力求能为读者朋友带来一些学习的乐趣、思考的引发、生活的启迪和事业的帮助。由于作者学识水平有限，难免有一些缺失之处，恳请广大读者朋友给予批评指教。

马学思

2020 年 7 月 16 日